Ludwig Weibel
Dem Sein geweiht
Bewusste Meditationen

Bibliographische Information der Deutschen Nationalbibliothek. Die Deutsche Nationalbibliothek verzeichnet
diese Publikation in der deutschen Nationalbibliographie,
detaillierte bibliographische Daten sind im Internet über
http://dnb.dnb.de abrufbar.

© 2022 Autor: Ludwig Weibel
Herstellung und Verlag:
BoD – Books on Demand, Norderstedt
ISBN 9783756861576

Ludwig Weibel

Dem Sein geweiht

Inhalt

1

Mit Grazie und Gängigkeit begabt

1.1

Weisst du's so richtig clever zu beginnen wird es auch ein fabelhaftes und bewundernswertes Ende finden.

Sind die Saiten seinsgerecht gespannt, werden deine Lieder dem entsprechend Heiterkeit verbreiten, fröhlich und apart.

Tu` Mir den Gefallen, weder allzu prüde noch zu rüde an dein Werk zu gehn, damit es allseits ausgeglichen vor den staunenden Betrachtern steht.

Ist dir das Bildhafte weniger gelegen, so kann Ich dir was Plastisches empfehlen, wohlgeformt und tonnenschwer.

Mein Konzept beruht auf schlagenden Erfahrungen, die es mit bemerkenswerter Grazie und Gängigkeit begaben.

Bist du im Erweitern deines Horizont's begriffen, kann Ich dich in taktischer Synthese unterrichten, die dir sogar die Sterne näher bringt, als sie es vordem waren.

Ich gleite hin und gleite her und geleite dich zu einem Freudenfest von überbordender Manier. Was das bringt, musst du in eigener Regie und Regsamkeit entscheiden, damit die Andern nicht behaftet sind mit Dingen die nicht in ihr Ressort und Repertoire gehören.

Dem Ausgelassensein sollst du in aller Form die Stirne bieten, damit du dich nicht selber schädigst und am Ende arg beschämst.

Wirst du wohl ein wenig an Mich denken, wenn du ganz besonders reüssierst und nicht nur dann, wenn es dir schlecht ergeht und du dich allseits eng bedrängt fühlst und bestochen.

Ich handle immer nach Bedarf und lasse Dinge, die Mir nichts bedeuten, tunlichst liegen. Das verschafft Mir dann die Musse, über Meines Daseins Sinn und Perspektiven gründlich nachzudenken und in vielem Mich zu ändern, was Mir sonst nur Ärgernis bescherte, Meiner wilden Spekulationen wegen.

Ich irre nie, wo es Mich deucht ein wenig ziehen oder lassen zu müssen, in Meinem unablässigen Bestreben korrekt, perfekt und liebenswert zu sein. Das bewirkt dann auch, dass Mir die guten wie die schlimmen Geister huldigen und diese sich entschuldigen müssen, ob ihrem lästigen Betragen.

Bist du vif, so wisse wohl zu schätzen, was Ich dir voll Eifer und Gewissenhaftigkeit vergebe.

1.2

Ich betrachte die Tiefen Meiner Kandidatur für das Geistesleben, dem Ich wunderbares und beseligendes abgewinnen kann. Zur Genüge habe Ich schon darauf hingewiesen, dass es für jeden Mann und jedes Fräulein etwas gibt, das diese voll befriedet und in Sphären führt, wo Einheit und Verständnis, Interaktion und zärtliche Gefühle dominieren.

Ich weise niemand ab, der sich an Meine Schwelle setzt, um Einlass und gediegene Bewirtung zu erfahren. Da findet sich dann eine Vielzahl von Verlorenen zusammen, die sich sowohl bei Mir, wie bei sich selber, wieder regelrecht gefunden haben.

In Meinen Räumen sieht sich jeder von dem Wohllaut reiner Göttlichkeit umgeben, den Ich in die Universenräume sende, um Beglückung und Erhabenheit, Heiterkeit und seelenvolle Schönheit zu kreieren.

Ich Bin Meiner selbst bewusst in den allerweltlichsten und überwältigendsten Zügen. Das erzeugt ein Wohlgefühl von überragender Gewähr am Sein und Sinnen wahrer Gottgeselligkeit und Himmelsharmonie.

Ich gewinne, was Ich einst verloren und entsinne Mich der Zeiten, in denen alle Meine Pläne, Wünsche und Verwegenheiten sich im Nu verwirklicht haben. Das bewirkt dann ein holdseliges Gefühl in Meinem wunderbar geschniegelten Gemüte und erobert jene Tiefen, wo Ich schon immer ganz und gar Mich selber war.

Was immer Ich erhelle ist auf's intensivste und begeisternste von Meinem Gnadenlicht durchdrungen und wird von jedermann besungen, der es in sich, hausgemacht, erfühlt.

Bin Ich so, so wirst du es bestimmt auch werden, weil wir beide so viel Ähnliches und Zwillinghaftes in uns etabliert und hochgezüchtet haben. Deswegen ist es ausgemacht, dass uns nie und nimmer etwas trennen kann in unserem Uns-selbst-Begreifen und dass wir damit alle Welt auf's allerinnigste in ihrer Götterherrlichkeit verstehn.

Siehst du fern, so sehe *Ich* dich ganz in Meiner Näh und beschütze dich mit Meiner Geistesschwingen Siebenzahl. Du Bist in Mir und wirst es niemals zu bereuen haben.

1.3

Ich betreibe und beschreibe Konstellationen von erklecklichem Format, die alleweil auf Seinsvollendung zielen. Wo etwas harzt, vermag Ich Gängigkeit zu schaffen, in der Art und Weise die verhält in ihren geistigen Strukturen.

Ich fasse ordentlich zusammen, was dem Mass entspricht, das Ich dafür festgelegt und sachgerecht beschrieben habe. Nun geht es Mir darum, die Völker nach und nach zu einer Seinsvernunft zu führen, die Frieden schafft und freies Über-sich-Verfügen.

Mir klingt das Klagelied bedenklich in die Geistesohren, das die Verfemten und Gestrandeten, Geflüchteten und Ausgestossenen vollführen. Ihnen gilt zu allererst Mein hilfespendendes Gewissen, auf das sie sich gebührend stützen und verlassen können in der Herzensnot.

Für sie gilt nicht, dass sie von Pontius zu Pilatus eilen müssen, um Gerechtigkeit und Liebe zu erfahren. Der direkte Weg zu Mir genügt vollkommen, damit ihnen das geschieht, was sie sich herzinniglich ersehnen.

Ich fordere dich auf, in jedem Fall bewusst und überzeugt zu Mir zu halten, damit die Lösung des Problems als sachgerecht erledigt und erfüllt betrachtet werden kann. In Meinem Gleichnis sind die Schwierigkeiten mit genuiner Sicherheit und Klarsicht aufgehoben und du darfst dich rühmen, eines absoluten Fachmanns Elève und Student zu sein, der sich konsequent und eloquent zur Meisterschaft erhebt im götterlichten Leben.

Ich lasse Meine besten Kräfte spielen, wenn es darum geht, mit neu erfundenen Ideen und Gefühlen aufzuwarten, die das Weltensein bereichern und ihm jenen Touch verleihen, der es höchst vergnüglich und lebendig werden lässt aus Meinen geisterfüllten Hintergründen.

Daraus folgt Mein Eigenlob für das, was Ich äonenlang geschaffen und geleistet habe. Dabei war es immer Meine Absicht, unvergänglichen und seelenvollen Werten zum makellosen Durchbruch zu verhelfen. Das ist und bleibt Mein Ideal und soll auch als das deine wunderbare Geltung haben.

1.4

Dass du's nur weisst: Deine Seinsgeschichte sollst du nicht zu oft erzählen, weil sie sich abnützt und unglaubwürdiger wird von Mal zu Mal. Überhaupt ist es weiser von dir, schweigend zuzuhören, statt, was du zu wissen glaubst, bachab zu lassen in des lockeren Geplauders Fluss und Stil.

Wirklich wissen wie und was die Dinge sind, die sich um dich herum verbreiten, kannst du sowieso nicht, weil du nur ihr Äusseres betrachten kannst, nicht aber ihre mannigfachen Motivationen.

Ich aber gehe darauf aus, all dem, was *ist*, gebührend auf die Spur zu kommen, weil Ich es selber Bin und somit ihren Sound, ihr Sein und ihr Gehaben gründlich in Mir trage. Das bringt Mich in die Lage, als Allwissender, Allwesender und alles Überragender gekonnt und sicher zu agieren in den Raumesweiten um Mich her.

Hast du Mich auf diese Weise allertiefst begriffen, ist es dir ein Leichtes, auch in dir Mein Wesen und

Mein Werk zu sehn in wunderbar gestaffelten Sequenzen, wie in einer Fülle von ereignisvollen Wirklichkeiten, die dich unvergänglich prägen.

Wer und was du Bist ist somit einwandfrei erwiesen und du brauchst dich nur noch darum zu bemühn, dem, was Ich in dir Bin, zur Seinsgeburt und strahlenden Verwirklichung im Sternkreis zu verhelfen.

Mon Dieu, wirst du nun fragen, kann ich das? Und die Antwort soll beständig lauten: Ja, Ich will der sein, der Ich schon Bin in Myriaden glückverheissenden und genialen Variationen.

Ich Bin beständig durch Mich selber unterrichtet von dem Sein, das Ich zu führen und prästieren habe. Das lässt Mich sicher und gehörig auf die Füsse treten und Mein Sein bestimmen, neu und prächtig, wie es noch nie war. Der Keim dazu liegt schon in Mir verborgen und ist dazu bestimmt, sich hell und sonnenklar, begeistert und beseligt in des reinen Seins elysischer Genügsamkeit zu offenbaren.

1.5
Von den Höhen, von Weiten lasse Ich Mein Freudenlied erschallen und bringe frohe Kunde von dem Seinsgefühl das Ich, in ihnen seiend, intus habe.

Was dir noch fremd ist, ist Mir dauernd nah und was dir grotesk erscheint, steht wie verklärt vor Meinen liebevollen Augen.

Ich finde es vor allem wertvoll und gediegen, Meine Herzlichkeit den leidenden Geschöpfen zuzuwenden, die den Weg zu Meinen venerablen Geisteshöhn begehn

Ich quittiere jeden Anruf mit unendlichem Erbarmen und verteile neuen Ratschlag und Relieve mit aller Sorgfalt unter denen, die ihn dringend nötig haben.

Auch in dir beginnen sich die Kräfte der Behutsamkeit im Umgang mit dem Leben seinsgerecht zu regen. Deine Wesenszüge sind entspannter und gefälliger denn je und sind von Mir nicht mehr als sonderbar und wählerisch, hartgesotten und betrüblich zu bezeichnen.

Wen Ich erwähle, hat den enormen Vorteil, dass ihn die Berufung an die Stelle göttlicher Gewähr zu einem Wesen stilisiert, das wissend ist darüber, was es will und was ihm gut tut, wie der Welt in der er lebt und wirkt in hundertfältigem Bewegen.

Was sträflich ist wird strikt von dir gemieden, seitdem du dich auf Meinem Feld sowie im Zuge Meiner Absicht zügig durch dein Sein bewegst.

Mir nichts, dir nichts kann auch in Meiner Hemisphäre nichts zum Blühen kommen. Da braucht es Kräfte des Erbarmens an sich selbst, wie an der Sonne in den Geisteshöhn. Identisch mit der Lichterfülle Bin Ich immer schon gewesen und habe diese als Mein Kleid und Meine Wertung, Mein Erscheinen und Erkennen angenommen.

Künftig Bin Ich noch viel intensiver Meinens Seins Bewahrer und Idol und mache Mir kein Hehl daraus, dass Meine Züge Götterkünste sind im Sinn der Wesen, die beständig, unmittelbar und vehement, tausendfältig und geschickt, verbindlich und vertraulich in Mir nach dem Höchsten streben.

1.6

Keine Krise, aber eine goldene Markise, will Ich dir nächstens aus Gewissenhaftigkeit und Rücksicht auf dein Alter liebevoll bescheren. Sie hält zurück, was dich nicht treffen soll und lässt das Lindernde, Befördernde passieren.

Derweil du schlummerst, schlage Ich den Weg der Hoffnung ein, in deinem Namen und entbinde dich der Sucht, dich mit Dingen zu befassen, die dich nichts angehn und die deine Wirksamkeit vermindern, Meinem Auftrag und Gebot gemäss.

Kannst du's nicht lassen, zimperlich und unentschlossen, rasch beleidigt und erbost zu sein, so sende Ich dir Unterstützung und Entschiedenheit in deine Kümmernisse, sie galant und seinsgerecht zu überwinden.

Im Grunde bist du ein bewundernswertes Phänomen, an dessen Mund nicht nur die Kinderaugen hangen, sondern auch die Reüssierten, auf sich selber bestens Eingeschworenen.

Das bedingt Vertrauen in Mein Sein und gehörige Bereitschaft, dich in Meinem Namen für das Wohl der Welt gebührend einzusetzen und gar etwas zu verletzen, wenn die Umständ es erfordern sollten.

Du Bist grandios, indem Ich Mich verringere, um deinem Milieu gemäss zu streiten für Gerechtigkeit und liebevolles Miteinandergehn.

Mein Summen überschwingt sogar die Dummen, was bewirkt, dass sie allmählich auf Mein Votum hören und ihm zufriedenstellende Beachtung schenken auf dem Weg zu Friedefertigkeit, Manierlichkeit und Zuversichtlichkeit im steten Weiterschreiten.

Warst du blind, so bist du nun ein redlicher Beschauer Meiner farbenfrohen Horizonte und Habseligkeiten, die dich dahin unterweisen, ebenso genial, gutmütig und gewissenhaft zu sein und zu agieren.

Es liegt ein weites Feld von Möglichkeiten und Beschäftigungen vor den Augen derer, die gewinnen, wimmen und gelobt sein wollen in der Art und Weise der Erfinder und gelehrten Häupter an der Tafelrunde Meiner Treuen im Allhier. Ihnen sind Erfolge höherer Ordnung und Gewissenhaftigkeit beschieden, die von Mir gefordert und dann sanktioniert sind, unfehlbar in Meiner sagenhaften Seinskultur.

1.7
Ein Spötter besuchte ein Gottshaus und fragte sich, wird Er sich zeigen? Da schloss ihn der Küster versehentlich ein und er musste nachtsüber darinnen bleiben.

Bist du bewandert in Gefühlen, kann Ich dir vermitteln, was dich ganz persönlich und zutiefst betrifft nämlich das, dass du in Mir und allem Bist und Ich in dir in einigem Begreifen.

Das verschafft dir die Hochfahrt zu dem, was du schon immer suchtest und was dich wunderbarerweise nie verliess. Deinen Augen muss Mein Antlitz stets verhüllt und uneinsichtig bleiben, deiner Seele jedoch wird es plötzlich offenbar, wenn du zu schweigen weisst in den Gedanken, wie den unablässig stipulierten Taten.

Du wanderst, wanderst und weisst doch im Grunde nicht wohin. Dein Leben ist ein Resümee von miesen wie von fabelhaften Präsentationen und beginnt und endet ohne dein bewusstes Zutun oder deinen veritablen Eingriff in das laufende Geschehn.

Gerade das soll sich nun gründlich ändern, indem du über deines Seins Belange wissend wirst und ihnen damit vorstehst, fraglos, glücklich, unbefangen.

Da kann Ich dir versichern, dass dich diese Art zu Sein begeistert und belebt , beherzt macht und dir jederzeit gestattet das zu sein, was dir gefällt und was dich munter macht, bezaubernd und gediegen.

Ich wende Mich in dir Mir selber zu und verwende deine unerschöpflichen Talente, um Mich auf- und auszurüsten, strahlenden Erfolgen und Bekömmlichkeiten zu.

Deine Hände sind dir nimmermehr gebunden, wenn dir Werke der Barmherzigkeit, der Zuversichtlichkeit, Glaubwürdigkeit und Sittenstrenge zu versehn obliegen. Hesitationen werden nimmer deine Sache sein, hingegen Motivationen zu noch viel viel mehr.

Das alles soll in Zukunft deiner Seinsgeschichte zugehören, damit du dich in ihr nicht mehr entfremdet, sondern eingebürgert siehst mit deinem

Tun und Lassen und Dich-dabei-von-selbst-Verstehn.

Mein Gruss begleitet dich dabei und zeitigt immer neue Seinserhabenheiten in des Geisterlands Profil.

1.8

Im Unteren ist wohlbewahrt und wohlgeborgen auch das Obere präsent, das Ich in voller Seinsmontur bewusst und tatenfroh repräsentiere. Es ist des Seins Errungenschaft, Natürlichkeit und über-ragende Kaprice, die für alles, was da *ist*, Ent-schiedenheit und Goodwill in sich tragen.

Ich Bin der kosmische Gigant, der alles in sich schliesst, was je gedacht, ergriffen und zurecht-gestutzt, manipuliert und mitgerissen worden ist in Myriaden wohnlich aufgeschichteten Etagen.

Mir kommt zugut, dass Meine Kräfte universenweit nie altern und Ich aus diesem Grunde dazu fähig Bin, alles zu vollbringen was Ich will und zu vollenden, was Ich angerissen habe.

Liegst du darnieder, richte Ich dich auf, um dir jegliche Blamage und Behindrung zu ersparen. Ich trete für dich ein, auch dort wo du längst ausgetreten bist und lasse dich nie hangen, selbst wenn du vor den Kopf gestossen wirst zum Gotterbarmen.

Meine Ziele für dich bleiben stets dieselben, selbst wenn du andere verfolgst in deinem Wahn, es besser und geschmeidiger als Ich zu unternehmen.

Magst du Meine Stärke, setze Ich sie für dich ein in allen Variationen, welche nötig sind, um deinen Werken Antrieb, Auftrieb und bewundernswerte Kulmination und Wirkkraft zu verleihen.

Niemals Bin Ich dazu aufgelegt, die Dinge zu beschönigen, die nun einmal fehlgelaufen sind, hingegen Ich weiss neue Varianten zu erfinden, die von Schmiss, Geschmack und köstlicher Bekömmnis nur so triefen.

Hast du von etwas bald einmal genug, ist es Mir sehr daran gelegen, mit ihm bis zum glückerfüllten Ende und Relieve zu gehn. Das bringt dann die Gewissheit auf den Plan, dass Meine Kräfte unerschöpflich, unverzichtbar und rentabel sind in wohldotierten Massen.

Was immer Ich ergänze, ist mit Vorsicht und Gewissenhaftigkeit getan, und womit Ich glänze, führt dich wohlgemessen und gekonnt, seelenvoll und wunderbarerweise himmelan.

1.9

Was ist dir weiter noch beschieden, wenn nicht dies: Zu Meinem Anhang und Gefälle, Meiner Hochfahrt und Holdseligkeit im engern Kreise zu gehören. Ich geh voran, nachdem Ich, die Mir folgen wollen, intensiv gemustert habe.

Kein Makel darf bei ihnen haften, der nicht stante pede von Mir ausgemerzt und ausgeglichen werden kann.

Ich Bin so gnädig, dich ob deinem Unverstand und deiner Arroganz nicht zu verachten und lasse Mich dazu herab, dir jederzeit das Brot für Brüder darzureichen.

Alles, was Ich will, soll auch dir angelegen sein und was Ich meide, soll von dir genausogut verabscheut und gemieden werden. Wem Ich durch dick und dünn die Stange halte, soll auch von dir bevorzugt und begünstigt werden.

Ich breche mit dir auf zu neuen Ufern, die noch in unendlich weiten Fernen und Verwünschungen zu liegen scheinen. Dabei sind sie Mir wie dir so nah, dass sie wie mit Händen ergriffen und begriffen werden könnten.

Ich verlange nichts von dir, was dir zuwider läuft und was du nicht mit hehrem Schwung vollbringen kannst mit deinem Hang zur Perfektion und witzig aufgeworfnen Kapriolen.

Mit deinem Mass gemessen bist du noch ein Wicht in Sachen Wohlverstand und reüssierender Gewalt an deinem Hirtenleben, mit dem Meinen jedoch geht es mit dir recht passabel und genot voran auf Schusters Rappen, wie in geisteswirklicher Manier.

Ich habe alle Hände voll zu tun, um Meinen Lieben klar zu machen, dass es für sie, trotz allen Mängeln, noch lange nicht zu spät ist, um in Meiner Munterkeit und Strategie regelrecht und seins-gewiss voran zu kommen.

Die penible Botschaft ist: noch gibt's von Meiner Seite viel saftigen Lorbeer zu verteilen, der auch dich betrifft in deinem Eifer, alles gut zu machen und noch manches Vöglein abzuschiessen, das dir um die Nase flattert im Quartier.

Es steht geschrieben, dass Meine Wände Ohren haben und dass Mein Herz die feinsten Regungen empfindet, die von deinem in die Geisteswelt gesendet werden.

Das bewirkt dann deine Rettung, wie den Aufstieg ins elysische Dich-in-der-Gotteswelt-Befinden.

1.10

Was Ich alles schon erfahren habe, trägt enorm und sicher dazu bei, der Welt das Siegel der Unsterblichkeit und Gottesminne einzuprägen.

„Du Bist Mein Heil", sollst du beständig und voll Inbrunst vor Mir repetieren. Das schafft guten Willen an, wie die Gewissheit, dass du dich in einem Milieu von geisteswirklichen Gestalten und Gestaltungen bewegst von überragendem Bedeuten für das Künftige in dir.

Zollst du Mir Achtung, zolle Ich dir ganz dieselbe wundertätige Beachtung, überall wo du dich aufhältst und in Meinem, wie in deinem Sinn agierst.

Ich strahle zu dir aus und du strahlst Meine Güte und Besonnenheit, Vertrautheit mit dem Ewigen und Liebenswerten wieder.

Was Mir ein und alles ist, soll auch für dich Erhebung und Gelassenheit bedeuten und soll dazu führen, dass du dich in Mir und deiner Welt mit einer Sicherheit und Vornehmheit von wahrhaft göttlicher Brisanz bewegst im Unergründlichen.

Was immer du dir leistest, ist in Meinem Sinne wohlgetan, wenn es nur selbstlos ist und über alle Selbstgefälligkeit erhaben.

Das Innige verleiht dir götterherrlichen Elan, sowie du dich erkennst als Wesen übersinnlichen Begeisterns an der Welt, in der wir alle *sind* und uns erleben.

Nicht Bedenken soll auf deinen Zügen folgerichtig und markant erscheinen, wenn es darum geht, Mich aufzufinden in der Welt der Taugenichtse, Querulanten und Versucher sich beliebt zu machen vor dem Herrn und seiner Gilde der Erlösten.

Nicht wenig hast du einst für deinen Weglauf von Mir mitbekommen und darfst dich darauf stützen, wenn es brenzlig wird in deinen handelsüblichen Allüren.

Bist du avanciert, so siehst du dich in allem liebevoll vereint mit Mir und Meinen seinsgewissen Präsentationen.

Somit kommt es dazu, dass du dich erkennst in einem Milieu von unerschöpflicher Gottseligkeit und Wohlgemutheit, der Verklärten Meiner Züge und Gepflogenheiten, Meines Wohlverstands, wie Meiner Herzensgüte im lichterstrahlenden Allhier.

1.11
Ich wese und du wesest ohne jeden Abstrich wesenhaft in Mir. Das hat die Konsequenz, dass alles, was da *ist*, sich auf ein Einzelnes und Einzigartiges bezieht, das Ich bewusst und meisterlich vertrete.

Aus Meinem Sein ist alles Dingliche und Anfassbare, Modulierte und Bewegliche hervor-gegangen; vorauf es auch gegeben ist, dass Ich es auf's berührendste, mitfühlendste und artigste behüte.

Kaum einer würde denken, dass es Mir noch immer so daran gelegen ist, Mein Weltsein in sich selber zu bewahren, dass Ich alles daran setze, es zur Friedefertigkeit und Harmonie, Holdseligkeit und ewigen Munterkeit zu stilisieren.

Die Osterglocken läuten dir die Herrlichkeit des Himmels ein, von der Ich ungemein beglückt inständig zehre.

Mit Willkür hat das nichts zu tun, hingegen viel mit Festlichkeit, Verständnis und Bewusstheit in der Schau auf die betörend alternierenden Gedankengänge, die Ich unablässig pflege.

Womit Ich Mich beschäftige, sind vor allem die Äonen dauernden Entwicklungen, die die Menschheit weiter bringen in Bezug auf ihre Sehnsucht nach Geborgenheit und friedevoller Ruh.

Was Ich von dir erwarte, ist das Eingehn auf die Masterpläne, die Ich für dich hege und mit überragenden Erfahrungen belege.

Darauf kannst du zählen, dass sie anerkannt sind und genehmigt von den höchsten Götterregionen, die da *sind* und an denen alle Suchenden und Findenden ihren seinsgerechten Anteil haben.

Wie du immer sein willst: Es muss in Meinem weitgesteckten Rahmen und Radau geschehn. Viel Beben und Besinnen geht dabei vonstatten, doch schlussendlich kommen alle, wie Ich selbst, zum langersehnten Ziel.

Nicht umsonst Bin Ich der Geniale, Welt-umspannende geheissen, eben, weil Ich ständig reüssiere und Distanz zu halten weiss im Hinblick auf die grandiosen Werke, die Ich zu vollbringen vorgesehen habe. Das führt schlussendlich zu glückseligem Vollenden, wie erwartungsvollem Neubeginn, in Meinen sakrosankten Götter-regionen.

1.12
Ich wende Mich Mir zu, wo immer Not zu lindern ist und mannhaft vorgegangen sein muss, um zu minimieren und die wehen Herzen zu Mir zu erheben.

Da sprudeln die Gefühle auf in einer Art und Weise, die kaum vorauszusehen war und die das wahre Menschliche behutsam offenbart.

Kannst du begreifen, wie sich alles, was so handfest und gebieterisch daherkommt, effektiv als ein bewundernswertes Kräftespiel im Geistigen ereignet, das Mein Reich, wie dein's, ist ohne Wenn und Aber und Vermutungen im Ungewissen.

Ich stelle Mir stets das Konkrete vor, an dessen Wertbeständigkeit, Realität, Wahrhaftigkeit und ewiger Jugend nicht zu rütteln ist mit noch so vielen fadenscheinigen, geklonten Argumenten.

Was *ist*, kann niemals abgetakelt und vernichtet werden in der Philosophie und Fertigkeit des Seins, in dem Ich Mich erfunden und gefunden habe.

Das Konkrete ist für Mich, was für dich noch im Ungewissen, Zweifelhaften und Zerfahrenen verschwimmt und nimmer greifbar scheint in deinen hartgesottenen Domänen.

Nur im Prozess des Lernens, Meditierens und herzinnigen Begreifens wird dir offenbar, was Ich so dringend meine und im einen Wort vereine: *Sei* und lerne kennen, was da geistig ist an dir und deinem seinslebendigen Wesen.

Ich hole für dich auf, was immer du versäumt hast und helfe dir das Wesentliche nachzuführen, zu dem Ich Mich in dir verpflichtet habe.

Das wird dann zu einem festlichen Manöver, wenn du in den Griff bekommen hast, was wahrhaft zählt und von dem Ich dir was Köstliches erzähle.

Meine Breite ist so lang, wie Meine Länge breit ist, das will heissen, dass Ich alles in Mir eingeschlossen halte, was im Universum so geschieht und was glaubhaft ist an Meinen faszinierenden Spezifikationen.

Du kannst Mir glauben, dass Ich nichts vor dir verberge, was dir zur Erbauung dient und was dich schliesslich in elysische Gefielde führt von Meinem Sinn und Geist und Seinsgewissen.

1.13
Was kann dich mehr und herzlicher bewegen als Mein Wort, aus dem das Ewige sich vernehmen lässt, um dich im besten Sinn und Sinnkreis zu belehren.

Das Wandelbare steht dann fest und festlich, rührend und gewissenhaft vor deinen Seelenaugen, um dich von dem zu überzeugen, was *Ich* Bin und was Ich leisten kann in Meinen schicksalhaften Applikationen.

Betriebsamkeit ist nicht der wahre Jakob auf der Linie der Verrichtungen, die dich zu Mir und Meinem Hochsitz führen sollen. Dein stilles Werben um Erhörung und Gewährung Meiner Dienstbarkeiten bringt da mehr und erweitert deinen Spielraum hoch hinauf, bis ins unendliche Genügen.

Da Ich dich bestens kenne, kommt es nicht in Frage, dass Ich Mich von dir trenne. Vielmehr poche Ich darauf, dass du dich anschmiegst an Mein Wesen, aus freien Stücken, wie aus der Einsicht, dass wir selbander ungleich mehr zu leisten fähig sind, als in einzelgängerischer, selbstischer Manier.

Wo Ich dich verorte, kann dir nur auf's innigste gelegen kommen, weil es dem genau entspricht, was Ich zu deinem Glück und Wohlstand, Danklied und Magnifikat ermittelt und in Gang gesetzt, begleitet und vorausgesehen habe.

Es gibt soviele Weisen, einen Fortschritt und Gewinn zu generieren, doch für dich gilt nur die eine, Mich zu finden im Gewirr der Zeiten, wie der Fährnis, abzugleiten an der aalglatt und servil gewordnen Seinsstruktur.

Ich biete dir den Schutz und die Gewähr für Wohlgeborgenheit, Verlässlichkeit und Frieden, welche Mir, wie allen Seinsgerechten, stets und unvermittelt zur Verfügung stehn.

Was immer du an überragendem und sagenhaftem von der Welt erwarten kannst, ist ein Bestandteil

Meiner Stärke, Seinsbewusstheit und allweltlichen Regie.

Du kannst es nehmen oder lassen, was Ich vor dich hingelegt und dir auf's innigste empfohlen habe. Doch wenn du es verschmähst, wird dir mit Sicherheit noch manches Ungeschick geschehn und manche Illusion dich jämmerlich zum Narren halten.

Wo bleibt deine Würde, heisst es dann und wo ist dein Freigeist schliesslich hingekommen, auf der Wildbahn, der du dich verschrieben.

In Meinem Umkreis jedoch hast du die Gewähr für Freundlichkeit und Liebenswürdigkeit im Leben. Du hast ausgesorgt und darfst dich in der Minne wiegen, die Ich dir entgegenbringe, ohne je zum Vorspann deines Seins auch nur ein Wörtlein zu verlieren.

Ist das nicht bezaubernd und beglückend, lichtvoll und erstrebenswert auf Meiner geisterfüllten Spur.

1.14

Ich begrüsse Mich in jeden Wesens schöpferischer Qualität und kapitalem Seinsempfinden. Meine Züge führen Mich dahin, um alles, was da *ist*, besorgt zu sein und es niemals ganz sich selbst zu überlassen.

Meine Denkkraft und Verbissenheit sind Legion, wenn es sich darum handelt, einer Meiner Schöpfungen den letzten Schliff und die vorausgeschaute Form und Fertigkeit, Fertibilität und Sinnkraft zu verleihen.

Das bedingt tiefinniges Vertrauen in Mich selbst und dasselbe auch in dir im Sinn der überragenden Geschwisterschaft, die wir schon immer miteinander pflegen.

Ich horte und verteile gleichermassen, was Ich zu entfalten fähig bin und überlasse nichts dem Zufall im gezielten, zierlichen Zusammenfügen.

Willst du wissen wer Ich Bin, so schau dir selber allertiefst in beide Augen, bis du in ihnen jenen Glanz gewahrst, der von Mir ausgeht und das Universenreich durchströmt zu wunderbarem Seinsgenügen.

Indem du Bist, bist du dazu gefordert, wesentlich dich selbst zu sein und damit Mich in allen wunderbar gesättigten und liebenswerten Variationen. Da gedeiht, was Ich gesät und ausgebreitet, seinsbegossen und zum vornherein geadelt habe.

Meine Gehaben ist nicht neu, aber deshalb umso seinsgefälliger, machtvoller und entschiedener in der Aufeinanderfolge Meiner fulminanten Taten.

Du magst es glauben oder nicht: Ich verstehe mehr von Meinem Handwerk als alle Werker dieser Welt von dem ihren was verstehn. Das stilisiert Mich zum Beherrscher aller Dinge die da *sind* und sich um Authentizität und Wesenhaftigkeit bemühn.

Kommt es mit dir zum Handkuss, kannst du sicher sein, dass der Meine dich mit Wärme, Licht und Seligkeit durchglüht, derweil an deinem noch viel Sprödes hängt und Unbefriedigendes.

Ich stähle, was geformt und fertig werden muss an dir und deinen Brüdern und verwende Mich dafür, dass dein Antlitz strahlt ob den Begünstigungen und Holdseligkeiten, ausgezeichneten Gewinsten und Erhabenheiten, mit denen Ich dein Sein beseele.

1.15

Seinsgelassenheit und silberhelle Ruh sind Mir willkommene Geschwister auf der Fahrt ins Glück der Zeit, die Ich gerade angesponnen habe.

Es liegt was Treffliches in dem Gedanken, dass Ich Bin und dass Mein Dasein weder altern, kränkeln oder siechen kann im Raum- und Zeitenlosen.

Bist du deiner selbst gewahr geworden, siehst du dich in einer Welt von überragendem Geschick und Wohlverstand im Sein und Leben, die dich ohne jeden Mangel und Bedarf durch das Unendliche des Daseins führen.

Deine eignen Hände dürfen glücklich ruhn, derweil die Meinen in dir aufgeweckt und rege sind in minutiöser Folgerichtigkeit der götterlichten Taten.

An irgendeiner Stelle deines Menschseins schwenkst auch du auf Meine Seite ein und lässest dich von Mir auf's köstlichste bedienen.

Du lernst ein Anderer zu sein in deinem ganzen, vielumstrittenen Gehaben und fühlst dich dabei als in einem Höheren geborgen und für alle Zeit fein fröhlich und fidel.

Nun gilt es für dich fortzufahren, so wie *Ich* es dich gelehrt und dich zu allem angeleitet habe, was verhält und was weder Stirnerunzeln, Missbilligung noch Frust verursacht im Gefolge deines täglichen Taktierens. So sei für alle Zeit der Zweck das Ziel und sei genau in dir das Gleichnis *Meines* Zielens.

Du ruderst fortan in demselben Boote, wie es Mir gefällt zu sein, frohmütig und gekonnt, krisensicher und galant dem Unendlichen entgegen. Deine Absicht ist es, immerzu in dem zu sein, was Ich für alle Ewigkeit errungen habe und was sich in elysischer Gelassenheit, Gutmütigkeit und Liebeswonne vor dein Auge breitet, sanft und silberhell im Strahlenmeer.

Bist du dem auf's innigste gewogen, was Ich Bin, so wirst du es ganz selbstverständlich auch für deinen Lebensstandard akquirieren wollen. Das trägt sich dann in Meinem Sinne fort und fort und führt zu einem Dasein von gelassner Euphorie und Bodenständigkeit, elysischer Gerechtigkeit, beseelter Harmonie und lichterfülltem Frieden.

1.16
Der Wache verfolgt seine Ziele mit Noblesse und Charme in der Grazie des Allerhöchsten im Allhier. Was trägst du zu deiner Wachheit bei, will Ich dich förmlich fragen und will dabei betonen, wie schick es heute ist, mit offenem Gemüte durch das Leben zu flanieren.

Was du ausgibst, bringst du wieder ein und wessen du dich zeihst, vermehrt dein Ansehn vor den Menschen, wie den Göttern, die dich in ihr Blickfeld eingemittet haben.

Ich spure vor, was dir zum Aufmarsch dienen soll in deinen mannigfachen Unternehmungen, die alleweil auf's Ganze gehn. Das gibt dann allseits ein begeistertes Hallo, wenn du mit Glanz und Glorie aus dem Lauf hervorgehst in der Zielgeraden. Mir kann das ja nur recht und gut sein, was du alles unternimmst, sofern es Meinem Standard und erhabenen Gesetz entspricht in deinem vielerfahrnen Milieu.

Ich liebe es, auf alles hinzuweisen, was denkerisch gelungen ist, gerade so wie Ich es auch als wohlbedacht, erklecklich, ingeniös und sauber ansehn würde im gefühlsbewussten Seinsrevier.

Was gibt es da nicht alles zu betonen, wenn die Tage lang sind und die Nächte kurz in deines Seins gottseligem Gehäuse. Du verspinnst dich zwar noch immer leichthin in diverse heikel aufzufassende Affären. Diese aber sind zu meistern, weil Ich dir dazu die rechten Winke, Linke und Besonnenheiten offeriere.

Siehst du das alles ein, so gehst du mit geschwellter Brust aus deiner schick gehaltenen Behausung und erklärst dich schon im Ansatz als der Clevere von Meinen Gnaden, wie von Meinem Seinsbefehl.

Du bist in Meiner lichterstrahlenden Rotunde stets willkommen und trägst wesentlich und wahrhaft dazu bei, dass in ihr Dinge ausgeheckt und firm beschlossen werden von welterschütternder Manier und Mustergültigkeit in einem.

1.17

In der Losgelöstheit von den Erdenbanden sollst du von Mir Klarheit, wie ein strahlendes Magnifikat, erlangen, über die von Mir gewünschte Art, dich zu benehmen. Ich bekleide dich mit Worten, die wie ein

Zauber auf die Umwelt wirken, wenn sie von dir vorgetragen werden.

Parallel zu deinem Weltgeschehn vollzieht das Meine sich in dir und fordert dich dazu heraus, dich immer mehr in dem zu sammeln, was da *ist* und was als Quintessenz von allem Leben daraus resultiert.

1.18

Was Ich ständig für dich aufgespart und dir innig gutgeschrieben habe, fordert dich heraus und fördert dich in allen seelischen Belangen, um des Mehrwerts Willen, der dir damit freilich zur Verfügung steht.

Stark sind Meine Gaben und gewissenhaft gebündelt, dass sie dir zur Stärkung dienen, wie zum richtungweisenden Verlauf deiner Affären.

Wie Ich sehe, hast du deinen Seinstalenten noch kein Startsignal verliehen, doch gerade damit kannst du dich in eine Stellung bringen, die dir wohl ansteht und welche dem, was Ich von dir verlange, unbedingt Genüge leistet.

Läuft dir etwas in die Quere, Bin Ich alleweil bestrebt, es zu verscheuchen, damit dich deine Willfahrt mutig weiter trägt, dem Ziel und damit Mir entgegen.

Was immer Mir beliebt, versuche Ich, dir auf's Tapet zu bringen, damit du seiner dich erfreuen kannst in deinen honiggelben Lebenstagen.

Damit ist erreicht, was einschenkt und was die Beschränkung aufhebt, die du dir frivolerweis beschieden.

Was immer Ich dir ausgeliehen habe, soll von dir und deinem Willen komplettiert und soweit ausgebildet werden, dass es Meinem Anspruch ebenso genügt, wie deinem und eine wahre Freude ist, es tüchtig zu geniessen.

Was Ich einst in Stellung, wie ins Rollen brachte und Meiner Unterstützung würdig fand, lass Ich bis zur Zeitenwende nimmer fahren, die Ich fernab vor Mir seh.

Ist das Eine abgespult, hängt schon das Andere am Haspel und muss gepflegt und ausgeweitet werden bis es stattlich ist und ingeniös.

So ohne weiters Bin Ich mit Meinem Wirken nicht zufrieden. Ich unterhalte und gestalte es nach Meines Willens Können und erbaulichem Befehl.

Das trägt und wird auch dich schlussendlich in elysische Gefilde tragen und dem Lebenssinn vollendete Genüge tun. So lang wie breit wirst du in Mir Gedeihen finden und schlussends für alles das gerüstet und gebürstet sein, was Ich von dir verlange und was dich zu Glückseligkeit, Erfahrenheit und Lebenswonne führt. So geht das her und hin und ab und zu und über alle Berge dem Unendlichen entgegen.

2

Bedächtig gleit Ich zu dir nieder

2.1

Bedächtig gleit Ich zu dir nieder und küsse, was zu küssen ist, mit Inbrunst und Verlangen. Voll Wehmut überschaue Ich dein Tal und mache Mir Gedanken über deinen deplorablen Zustand, wie die wachsende Zerwürfnis und Zerfahrenheit in ihm. Die kommen von der Vehemenz, mit der du dich auf's Weltensein versteifst, derweil dich Meine Wasser rein, hellhörig und beweglich halten würden.

Prüfe diese Ansicht und versuch, dich innig mit ihr anzufreunden und sie in dein Sein und Leben, Singspiel sowie deine Munterkeit zu integrieren. Was dabei herausschaut sind die neu erwachten Triebe einer Lebenskunst, die ganz auf Meiner Linie liegt und Harmonie und Freude zeitigt, Wohl-gestimmtheit und beseelten Frieden.

Lässt du dich gehn, so wisse, dass Ich neben dir den Weg beschreite und sei er noch so bitter in den Klüften deines Dich-daran-Verglutens. Ich erbarme Mich an deinen fortgesetzten Widrigkeiten und ermuntre dich dazu, sie zu Gunsten einer Lebensweise aufzugeben, die vom Vertrauen in Mein ABC geprägt ist und von jener Weisheit zehrt, die Ich schon längelang begründet und verkündet habe.

Ich greife mitten in dein Tun und Lassen und bewirke wohlgemut Veränderungen in ihm und Verbessern deiner Seelensituation. Nur so und somit kann dein Sein in *Meinem* recht bestehn und vermag, sich in der Welt gebührend und geschmackvoll zu behaupten.

Was *Ich* immer kann, das sollst auch du dir einst erlauben können und was Ich alleweil zum Guten lenke, soll auch dein Bedürfnis sein in deinem drängelnden Gehaben.

So erringst du dir das nötige Profil, mit dem du in die Hallen der Gerechtigkeit und Lebensliebe treten darfst, von Mir begütet und bewacht, behütet und auf's trefflichste mit Lebenskraft durchzogen.

Meiner Argumente sind so viel, und wenn du sie zu deinen machst, gewinnst du eine Weltschau von bewundernswerter Fertigkeit, Fertilität und Kühnheit, die dich aufblühn lässt in Meinem Geiste, Sinngedicht und Überragen.

2.2

Städtebaulich magst du noch mit vielen andern an der Front marschieren; in Bezug auf ihren Inhalt jedoch hinkst du grässlich hintennach. Da sind noch ganz andere Register und Beschauungen zu ziehen, bis die Sache der Vernunft entspricht, wie *Ich* sie in Mir verinnerlicht und festgehalten habe.

Was Ich immer glaube, muss auch allgemein verständlich, respektabel, gut und glaubhaft sein, damit es zieht und das Volk nicht vor den Kopf stösst in seinem vielgerühmten Wohlbehagen.

Das klingt ja fast zu schön, um wahr zu sein, kann jedoch von jedermann bestätigt werden, der in diesem Meinem Umfeld tätig und gewohnt ist, nur das Allerbeste abzuhandeln und ihm freilich vorzustehn.

Ich habe dir schon viele Bitten ohne weiteres gewährt, die eine aber, von entscheidendem Format, musst du dir selbst erfüllen, nämlich die, dir selber zu gehören, als der Forstwart Meiner Wesenszüge.

In diesem Kontext und Begreifen greifst du nichts und niemand mehr von hinten an. Du gehst geradewegs auf alles zu, was dir von Herzen frommt und was auch *Es* befördert durch dein makelloses Tun und Seinsverhalten.

Bist du willig, will *Ich* es in dir genauso willentlich und wissentlich, vernünftig und gebräuchlich halten. Unwille jedoch wird von Mir auf`s peinlichste bestritten und bestraft.

Ich vernehme auf der Stelle alles Mögliche, was sich in dir zusammenbraut und suche es in deinem wie in Meinem Sinne zu entwirren, bis es zu einer klaren Diktion und Regelmässigkeit gediehen ist vor Myriaden Sperberaugen. Nur so besteht Gewähr dafür, dass alles rund läuft und bewundernswerte Resultate daraus resultieren.

So und sogleich schmücke ich dein Leben mit Erfolg von überirdischer Manier und setze obendrein das Christuskreuz auf dein enormes menschen-göttliches Gehaben.

Mir missfällt nun einmal nichts so sehr, wie schlendrianisches Verhalten,. Deshalb soll dir Meine Rede ein gerechter Anspruch sein für eine Gangart nach den ewigen Gesetzen, die schlussends zu Herzenswohlfahrt, Heiterkeit, Gewissenhaftigkeit und wonnevoller Lebensliebe führen.

2.3

Wieviel Charme liegt doch im Wesen der Gerechtigkeit, wie *Ich* sie alleweil und mit unendlichem Erfolg dem Menschenvolk vor die erstaunten Augen führe.

Sorgsam hüte du die Flamme des gerechten Handelns über deinen Lasterhaftigkeiten. Ich bewahre dich in Meiner Huld, erhaben über deinem Dich-Verschulden. Es heben dich die guten Geister himmelan und lassen ihre Fülle dich geflissentlich umspielen. Das wirkt sich aus in Hof und Haus und lässt dich immer weiter nach Mir Ausschau halten.

Ich heisse dich gar wohlbedacht bei Mir willkommen und lasse dich auf Meine Art ein lebelang am Sein gedeihen.

Was Ich dir weise, ist geprägt von Weitsicht, Weisheit und Entschiedenheit im Handeln nach Gesetz und Ordnung im immensen Geistesmeer. Das zu begreifen und ergreifen sei deinem Willen ein Befehl von Meiner Seite, um die deine zu verwandeln in ein Meer von prächtigen Gedanken und Gefühlen.

Ich unterstreiche, was Ich von dir will, mit tiefrotem Filzer und betone damit Meine Absicht, dich niemals aufzugeben in der Folge des Prophetentums, das Ich mit Vehemenz und Wackerheit betreibe.

Mitnichten lasse Ich Mich aus dem Felde schlagen, das Ich Mir erobert und erprobt, sanktioniert und bestens für Mich eingerichtet habe. Da gibt es wieder viel zu überlegen und zu werken, merken und gestalten, bis alles in gerechten Schwung gebracht und eingeübt ist nach Gebühr.

Ich pflanze ein, was Eleganz verspricht und lasse Ungehobeltes und Machtbesessenes bewusst und stetig in die Irre laufen. Was dann noch übrig bleibt, das sammle Ich behutsam ein und lasse es gekonnt und wohlgemut sich selbst vermehren.

Ich treffe auf Verständnis, wo Verstand und Anstand, Schöpferwille und Beherrschtheit herrschen und lasse Mich in keiner Sparte Meines Soseins unterkriegen.

Mein Wille ist dem Gottesvolk Befehl und Meine Absicht appelliert an seine Einsicht in die tiefsten Dinge, die da in Mir *sind* und sich immer weiter und gediegener, freiheitspendender, beglückender und seinsgewisser in dir und deinem königlichen Umfeld etablieren wollen.

2.4

Mein Hauptquartier ist eingedeckt mit einer Fülle von Begriffen, die alle nur das Eine an sich tragen: Ausserordentlich genau zu sein in der Beschreibung dessen, was da vorliegt zum Beschreiben.

Der Begriff "Familie" hat es in sich, planvoll, delikat, entschieden und verführerisch zu sein in seiner Wertung als vergangenes wie künftiges Erleben.

Sichtest du, was weiter noch in Frage kommt, so stössest du unweigerlich auf die Erklärung des Gedankens an sich, der sich ja so flüchtig und zugleich beständig präsentiert, dass du nur stauen kannst darob. Mir fällt sogleich auf, dass er zwar *ist*, jedoch nichts Stoffliches an sich trägt, sondern nur erfahren werden kann in seiner Fülle unsagbarer Möglichkeiten.

Für was alles wird doch das bescheidene "Ich Bin" verwendet, wenn die Tage lang sind und die Nächte Mangel leiden in des Sommers Sich-Vergluten. Was du immer glaubst zu sein, bist du eben nicht, weil sich dein Dich-selbst-Erkennen noch auf schwibeligen Füssen, wie auf Schall und Rauch bewegt. Damit ist gesagt, dass geistiges im Grund genommen nur begriffen werden kann durch Schaukraft überirdischer Manier im menschlichen Sich-selbst-Erfahren.

Handelst du dem Sein gemäss, so wirst du auch begreifen, dass es nur das Eine gibt in einer sagenhaften Fülle von Verzweigungen, Manipulationen, Dienstbarkeiten und verehrenswerten Idealen. Das zu wissen bringt dich dann entschieden und konkret voran in einer rühmlichen Bilanz der von Mir gutgeheissnen Taten.

Ich würdige zum vornherein das Viele, wessen du dich als geziemend und gerecht erachtest und schaue dich als einen an, der will und will sich in sich selber, wie im Allgemeinen, etablieren.

Damit kommt zustande, was das Weltensein bewirken will: Ein symphonisches Gesamtwerk von Begriffen, die zu liebevollen Gesten, heiteren Erfahrungen, Besinnlichkeiten, Mustergültigkeiten und elysischen Glückseligkeiten führen.

2.5
Gelehrig sollst du werden in Bezug auf deine Innenschau, wie auf dein übersinnliches Gehaben.

Ich trichtere dir ein, was für dich fällig ist zu wissen, von der Pracht der ewigen Gefilde, wie vom

Ansehn, das Ich dort in Fülle und Vertrautheit, beglückt und vollbewusst geniesse.

Nichts trennt Mich mehr vom fabelhaften Ich-Gefühl, das alle hier Versammelten begeistert und verständig in sich tragen.

2.6

Willst du anonym sein, rechne ab und zähl dich nicht mehr zu den Deinen, sondern nur zu Mir, dem Einen in des Universums lichtem Wogenmeer.

Stelle Mich dir vor als liebesstrahlendes , allweites Medium der guten Hoffnung auf Geborgenheit, Erhabenheit und Herzensruh. Sei in dieser Hinsicht gläubig und verschwiegen und erwarte nichts mehr als zu sein in dieser himmlisch angehauchten Atmosphäre.

Mann und Frau, wie ist das majestätisch, so zu sein, wie Ich es immer für dich wollte und dich so im All zu fühlen, wie es die weisesten, wahrhaftigsten und liebevollsten Häupter schon zu allen Zeiten waren.

Ich bewahre dich derweil im Frieden der Gerechten Gottes auf dem Weltenplan.

2.7

Wenn dir Kontakte wichtig sind, so kann Ich dir den Wichtigsten verschaffen, indem Ich dich ab sofort ohne jeden Vorbehalt und Fischfang zu den Meinen zähle, wenn du's wirklich willst ohne Ansehn deiner Reputation.

Wie sehr dir das von barem Nutzen ist, wirst du bald einsehn, wenn du bemerkst, mit welcher Ehrerbietung sich in Meiner Gegenwart die Geister simultan verneigen.

Du magst Mich bisher arg verkannt und regelrecht geschnitten haben, doch nun kommen Eintracht, Frieden und noch viele weitere Bedingungen zum Zuge, die das Eins- und Einigsein bestätigen in unsrer fabelhaften Seinskultur.

Deine Sinnenhaftigkeit wird ungemein bereichert um den Faktor des wahrhaftigen Erkennens dessen, was du wahrhaft Bist und was dir zu leisten möglich ist mit Mir im Bunde und inmitten einer Runde von Bedaften, die wahrlich wissen, was sie tun und was sie lassen sollen durch den lieben, langen Tag.

Ich unterhalte Mich am ehesten mit denen, die allem Weltsein gegenüber offen sind und die sich auch nicht scheuen, delikate Dinge anzufassen, die sie in Verachtung und Verruf versetzen könnten.

Sie wissen, dass Ich dazu fähig Bin, alles ungerad Gewordne wieder grad zu biegen und dem Untersetzten seine angemessne Stellung zu verschaffen in des Lebens siebenfacher Prozedur.

Soweit muss es kommen, dass du vollends auf Mich zählst in allen weltlichen wie überirdischen Belangen, so dass du dein Dasein ohne jeden Groll in silberheller Gratitudine erleben kannst in Mir.

Ich sorge stets dafür, dass du an ersten Stelle stehst beim Verteilen neuer Ämter oder wenn es auch nur frische Brötchen sind, vom Morgenlicht beschienen.

Es kostet Mich nicht viel, dir soviel wunderbares zu verschaffen, dass du glückselig bist sowie voll Dankbarkeit aus tiefstem Herzen, wenn du Mir vertraust und deine Liebeskräfte wohlgefällig und entschieden in Mich ragen.

2.8
Bereinigt und beglückt gehst du aus alledem hervor, was bisher für dich gültig und verbindlich war. Zudem wirst du, was sein wird, bestens und geschicktestens prästieren.

An deinen Zügen wird sich jedermann erbauen und erquicken können und was du immer vorhast, wird dann hinter deinen Schritten eine Spur von Heiterkeit, Gelassenheit, Versöhnung und Vertrautheit mit dem Ewigen und Friedevollen hinterlassen.

Ich wende Mich in dir Mir selber zu und entpuppe Mich als der, der *ist*, vor Meinem sonnenhellen Antlitz der Gerechtigkeit am Sein und Leben.

Ich Bin, was Ich schon immer sein und sichern wollte im beseligenden Reich des Glücks an sich, wie an der Auserlesenheit der himmlisch angehauchten Sphären.

Meine Schwingung hat sich endlich und unendlich bis ins Universenreich erhoben und bedient sich seiner, um Erhabenheit, Glückseligkeit und Wonnesein zu generieren.

Ich lebe, webe, Bin und feire Mich in absolutem Freisein, wie in der Verwirklichung von Meinem grandiosen Selbstgenügen. Meinem Mich-Verstrahlen sind enorme Kräfte zugelegt, die sich in einer Helligkeit entladen unvergänglicher Gewissheit und elysischen Mich-selbst-Erfahrens.

Ewig glaubhaft ist, was Ich Mir unvermittelt ins Gewissen lege. Unumstösslich klingt Mein Credo in die Universenwelt hinaus und besänftigt und befriedet alle, die es füglich und vergnüglich hören wollen.

Wohlgestimmt und herzensgut geh Ich aus alledem hervor, was Ich in Äonen ausgedacht und aus-gehalten, angeritzt und eingegraben habe. Mein Sein ist Fülle und Vollendung, Wohlgewogenheit und strahlende Gewissheit, die sich in einer Festlichkeit und heiteren Gelöstheit wundervoller Art summieren.

Es weht der Duft des Schönen, Hocherhabenen und Seligmachenden durch Mein unendlich weit-gedehntes Über-Mich-Verfügen und erzählt ein jedem, der es wissen will, von Liebe, Lieblichkeit, holdseliger Gerechtigkeit und Harmonie.

2.9
Ich charakterisiere eine Welt der Lebenslust, der Freiheit und des Friedens. Heute kommen wir zu sprechen auf die Unvergänglichkeit der Seele, die ein geistig Wesen ist, eingebettet in dein Fleisch und Blut und wirksam durch ihr Denken, Sein und Wollen.

Ich kann dir versichern, bei alledem, was sich ereignet, ist die Seele mit dabei und empfindet Leid und Freud und Schmerzen je nachdem, wie es um ihre Umwelt steht, wie auch um ihres Inneseins empfindsam aufgefächertes Gefieder.

Ich nenne Schicksal, was dem Menschen so geschieht und was verursacht ist durch so und soviel überragende Impulse, die in seinem Zeitenlauf an ihm geschehn.

Alles, was du denkst und fühlst, gräbt sich unwiderruflich und markant ins Weltgeschehen ein und kommt zu dir zurück, sowie es seinen Zweck und Zwick erfüllt hat bis in unermessne Weiten.

In dem Masse, wie es dir gelingt, deine Äusserungen und Befunde schön im Zaum zu halten, kannst du dich peinlich angebunden oder im Genuss verehrenswerten Freiseins fühlen. Das bestimmt im immer Weiteren dein Handeln und Bestehn sowie dein Wandeln unter dezidierten Sternendispositionen.

Ich füge allem, was dein In-Mir-Sein betrifft, das zu, was es befördert und deinem Wohlergehen das bereitet, was ihm gut tut ohne jeden Zweifels Spur.

Nun gilt es für dich festzuhalten, was zu akzeptieren ist und loszulassen, was dir schaden würde, wenn es länger bei dir bliebe.

Überhaupt sind deine Lebensdinge und Befunde in den ständigen Verkehr und Austausch mit den Meinen eingefügt, die seine Wirklichkeit, Wahrhaftigkeit und Liebenswürdigkeit begründen. Du Bist und bist im Klitzekleinen wie in Grandiosen Meines Seins Partikel und Allwesens Signatur, die alleweil und innig im Begriff sind Güte oder Galle, Wucht und Unwucht, sagenhafte Werte, Heiterkeiten, Liebenswürdigkeiten sowie weltumspannende Beglückungen zu kreieren.

2.10

Von sanften Hügeln wellt das Morgenlicht hinab, das Ich behutsam und beförderlich in deinem Lebensraum verbreite. Es beschert dir Seins-gelassenheit und Frieden Meinerseits und soll von dir respektvoll und mit Ehrfurcht aufgenommen werden.

Fängt dein Tagewerk auf diese wundervolle Weise an, kann *Ich* dir dazu gerne schrittweis weiterhelfen auf dem eingeschlagnen Pfad.

Kannst du Meinen Einfluss spüren und entsprechend estimieren, gehst du als ein Siegender und Salutierender aus dem Gemenge der Geschäftigen hervor, mit wachen Augen und dem Lächeln der Holdseligkeit auf deinen Zügen.

Treibst du Handel, lässt du genügend Vorsicht walten, um den Anteil zu gewinnen, der dir zugehört, ohne Abstrich und Verluste in den Büchern.

Was immer Ich dir prophezeie, wird auch wahr und was Ich dir verheisse, führt zur Freude und Genügsamkeit in deinem wachenden Gemüte.

Was du verfolgst in Meinem Namen, wird dich nie in einem minderen verfolgen können, weil Ich dich mit eigner Hand behüte und dir Schutz gewähre jederzeit in deinem tätigen Rumoren.

So gibt es sich, dass du mit unermesslichem Erfolg agierst in deines Lebens lächelnder Gewissen-haftigkeit und Seelenruh. Du gehst einher als Einer, der genau weiss, was er will und der damit unweigerlich zum Ziele kommt in seinem seinsbewussten Streben.

Nicht mir nichts dir nichts kann so viel Erbauliches geschehn, sondern nur mit Meinem wohl-bemessnen Anstand und beglaubigten Befehl. Das ist die Stütze, die du nötig hast und die dir ohne jeden Zweifel bestens dient in deinen delikaten Unternehmungen und Dienstbarkeiten.

Es handelt sich bei Mir wie dir darum, erfolgreich und geziemend, ritterlich und züchtig zu agieren, damit daraus kein Fehl und Fehltritt oder Wirbelwind entstehn.

Ich mache auf vor dir, damit du unbehindert und berechtigt deiner Wege gehen kannst in Meiner Welt der tausend Applikationen, Affirmationen und Erfolge jeder Art und Weise vor dir her.

2.11

Was fördert dich am meisten, wenn die Tage länger werden und das Vieh gemächlich aus dem Stall zur grünen Weide trottet? Den Atem der Natur zu spüren und von neuen wie ekstatisch in ihr aufzuleben.

Brüderchen und Schwesterlein gehn durch den warmen Sonnenschein spazieren und halten Zwiesprach über die mobil gewordenen Lebendig-keiten.

Was dir allein gehört, sind die Gedanken über deines Seins Verhältnisse und die daraus erwesenden bedeutungsvollen Dispositionen. Du scheinst dich fort und fort zu führen und wirst doch, unbewusst, von Mir am Gängelband gehalten.

Deine Tage sind wie fein geschnittene Intarsien in Meine eingefügt und können sich wohl sehen lassen, wenn du aus Leichtsinn und Verschwendung nichts verdirbst an ihnen.

Beherrschest du die Kunst, dich an Meine Weisungen in deines Herzens heiligem Gemach zu halten, gehst du allgemach in Meinen Frieden ein und wirst von Meinem seinsharmonischen Geflüster liebevoll emporgehoben.

Was du kannst, ist Mir schon seit Äonen eigen und was Ich dir vermittle, sind Erfahrungen aus der Zeit der kosmologisch angehauchten Pubertät in Meinen Gliederungen.

Der Willige will immer das, was Ich schon immer wollte: Nämlich Seins Gerechtigkeit, Verbundenheit mit Mir und eminenten Herzensfrieden. Der Kundige weiss, was das für ihn, wie für die Welt, bedeutet und geht geradeaus, wo viele noch wie lose Barken schlingernd durch die Lebensmeere treiben.

Dabei ist es so süss, sich vollbewusst im Sein zu fühlen und sich nach seinen Regeln wohlgesittet und gedeihlich zu verhalten. Meine Kräfte sind dem Allgemeinen zugewandt und ziehen an den Leinen, die das Ganze unvermittelt und gekonnt voranzubringen wissen. Das stilisiert sich zu Erfahrungen von überirdischer Gelassenheit und Ruh, die Ich im Kontext Meiner heiteren Aktivitäten nimmer missen möchte.

Meine Bindungen sind Legion, doch sind sie alle ausnahmslos von Mir gelöst und in elysische Verhältnisse erhoben, eingemittet und aufs innigste beseligt worden.

2.12

Was Ich an deiner Stelle täte, kann recht klar und deutlich definiert und ausgesprochen werden mit: Aktiv werden als von jemandem geführt, der die hängigen Probleme als auflösbar betrachtet und der Bin Ich in Meiner Eigenschaft als Alleskönner und Allrounder in Person.

Ich greife auf, was du schon allzulang hast liegen lassen und begreife seine Tücken aus der Sicht der himmlischen Wahrhaftigkeit und Harmonie.

Kaum zu glauben ist, mit welcher Fassung, Fertigkeit, Fertilität und Findigkeit Ich allen Lebensdingen Schwung und Starkmut, Leistungsfähigkeit und Edelmut verleihe die sie immer weiter höhwärts treiben in vollendeter Manier.

Was Ich einst mit Zuversicht begonnen, lass Ich nimmer los und lasse es wohlwollende Beachtung finden in den vielen kritischen Gemütern ringsumher.

So mausert sich das recht bescheiden Scheinende gewandt zur Sagenhaftigkeit empor, indem es männiglich am Ende doch beeindruckt und entsprechende Bewunderung kreiert.

Was Ich mit Meinem Tun erziele, sind wohlüberlegte und erlesene, richtungweisende, glanzvolle Resultate, die faszinieren und bestechen, so und so.

Kann Ich von dir Ähnliches erwarten, oder muss Ich dir, wie allen noch gehörig auf die Beine helfen, damit sie dich in Weiten tragen von unermesslichem

Bedeuten, wie es sich darstellt beispielhaft im Sternenmeer.

Was bei dir noch merklich klemmt, ist Mir, dem Universenklempner, längst gelungen aufzulösen, um es gängig und geläufig hinter Mir zu lassen, neuen Virtuositäten zu.

Ich zaubere aus Meiner Fülle volle Beutel und Bedeutungen hervor, die von niemand zu bezweifeln oder gar zu überbieten sind in ihrem Eifer, grandios herauszukommen vor der Menge der im Grund genommen recht versierten Abenteurer und Propheten.

Mir ist alles recht, was Tugend, Jugend und Gerechtigkeit versprüht, damit sich alles regelrecht zum Guten wendet in der Hierarchie der wohlbestallten Geister, die die Welt beseelen. Ihnen folge nach und sei, wie sie, von Meiner seligmachenden Begeisterung beschienen.

2.13
Repatriieren will Ich dich, Mein Lieber ausgeflippter Schwan und dich wieder mit den Kräften der unendlichen Barmherzigkeit vereinen, die Mir gar lieb und teuer sind in ihrem fabelhaften Wesen.

Du erschweigst dir Meine Rede und hilfst Mir damit, dich im Innersten und Heiligsten wahrhaftig zu begüten.

Ich teile mit dir, was Ich als gottselige Errungenschaft in Meinem Seinsbewusstsein trage und mache es dir sylphenleicht, mit Mir im selben Licht- und Geistesraum zu leben.

Was immer du von Mir erbittest, macht sich schleunigst auf den Weg zu deinem Hofe und bereitet dir ein Fest des freudigen Empfangens Meiner weisheitsvollen Gaben.

Derweil Ich auf dem besten Weg Bin, deine Sympathie, Verehrung und Verliebtheit zu erlangen, siehst du dich bereits auf's schicklichste und sicherste vertäut in Mir und Meinem schmucken Seinsquartier.

Wie du dir denken kannst, geht es in jeder Phase deines Dich-auf-Mich-Besinnens alsogleich um alles oder nichts, das heisst, du siehst dich im Bewusst-Sein oder du entbehrst der grandiosen Stütze, die Ich dir damit vermacht und freilich ausgehändigt habe.

Es geht nicht an, dass du auch nur im Mindesten Mein Sein und Sinnen in dir profanierst durch eigensüchtiges Verhalten und dass du dich von Meiner Herzensmitte wegbegibst in unbekannte Schluchten und Verliese.

Wie ein Kantus Firmus soll Mein Lobgesang über deinem Haupte zirkulieren und dir auf's Treulichste bedeuten, dass du Bist und nichts zu fürchten hast in den Banden deiner Lebenstage.

Frieden walte über dir und deiner Absicht, gut und glorios zu sein, inmitten deiner angeborenen Gelüste und Entschiedenheiten, Wechselfälle und entscheidenden Traktate.

Dir ist es anheimgegeben Meiner Spur bedingungslose Achtung zu gewähren, um dich so zur Seinsglückseligkeit, Gesundheit und erhabenen Bewusstheit hochzuhieven.

2.14

Du reagierst bald wie ein Automat, wenn Ich dich zu dir selber rufe und dir, was du tun sollst, anbefehle. Der Wirrwarr, den du mit dir herumgetragen, legt sich und du schreitest ruhig und gelassen zum Tagewerk in deiner Region.

Alles was du unternimmst, bringt den Charakter Meiner Genialität zutage, indem du einen Stundentanz vollführst von wunderbarer Anmut, wie von wohlgesittetem Betragen. Das nenne Ich gehorchen und das bringt dir am Ende aberviel an qualitätsgesicherter Regie.

Unter deinen Händen, wie den Meinen, werden alle Lebensdinge konstruktiv, glaubwürdig, einfach genial.

Du meisterst, was die Vielen niemals noch gemeistert haben und wendest dich dem Dasein wohlgelaunt, wie einem Kunstwerk, zu, das allen Trost und Freude, Wohlgefühl und Dankbarkeit bereitet in des Herzens wonnevollem Raumgefühl.

Woher kommt es wohl, dass du dich für Dinge engagierst, die dich im Grund genommen gar nichts angehn, sondern Mich allein in überird'schen Sphären? Das läppert sich konstant zusammen aus den Seinsimpulsen, die Ich dir vermittle und welche dich zu dem erheben, was du wirklich Bist in deiner Eigenschaft als Sohn und Tochter Meiner Dynastie von gottgeweihten Individualitäten.

Ich habe dich erwählt und du bist feierlich und frohgemut in Mein lichterfülltes Reich gezogen, dem nichts mangelt und in welchem du dich als der König und Gelehrte deiner selbst erfühlen kannst in vollen, fabelhaften Zügen.

Deine Werke sind den Meinen bis auf's Tüpfchen angemessen und verbreiten Daseinslust und sagenhaften Stil.

In der Trautheit dieser Stunde komme Ich all deinem Seinsgefühl zuvor und führe es in neue, nie gekannte wundervolle Regionen.

Du schaust und staunst und lässt dich von Mir elegant zur Herzensseligkeit erheben. Deine Art zu sein wird elegant, geschmeidig und global und weitet sich in einem Mass, das Universenweiten in sich schliesst. Nolens volens lichtet sich dein Sein zu einer Geistigkeit empor von göttlicher Gewähr, wie von elysischer Behutsamkeit und Feinheit, Hoheit und Glückseligkeit im Dich-Erleben.

2.15

Ich traue dir das Höchste zu in deinem denkenden Gefühl, das sich nur ereignen kann im Seins-erleben. Da heisst es bald einmal: Wer hat den weissen Peter aus dem Spiel gezogen und hat sich so für alle Zeit dem reinen Glück verschrieben.

Meiner Intuition zufolge findet auch bei Mir ein steter Wandel statt vom Zerfahrenen zum Absoluten, vom Unpässlichen zum Stimmigen sowie vom Mangel-haften zur enormen Fülle, die Mir allseits eigen.

Ich weise dich auf die diversen Stationen hin, die Ich im Äonenspiel durchlaufen habe. Das mag dir eine grandiose Lehre sein für's eigne Leben, das im Minikrimen auf dieselbe Art verläuft, wie Meins im Maximalen.

Ich trumpfe auf, wo immer es gegeben ist, auf die Hinteren zu stehn und Überlegenheit und Weisheit zu markieren. Das macht allenthalben Eindruck und beschert Mir einen Standpunkt von unüberwindlicher Erhabenheit und Majestät.

Was Ich so treibe, treibt auch dich ununterbrochen und gezielt voran, damit du Starkmut und Entschiedenheit erlangst in deinen mannigfachen Nöten.

Ich nötige dich nicht, verlange jedoch von dir, dass du sauber und gelassen disponierst und deinen Zielen unbeirrbar zustrebst, bis sie glorioserweis erreicht sind als ein Beispiel für die Vielen.

Bei Mir handelt es sich stets darum, klaren Wein und reines Wasser einzuschenken, damit die Kostenden genüsslich daran nippen und das Köpfchen stimmig neigen können in der Runde der Begabten.

Stimmst du Mir in allem zu, was Ich so um Mich verbreite, kann Ich dir den Revers eines Kenners unterschreiben, der dir alle Türen öffnet Meinen Gründen im Unendlichen entgegen.

Weisst du denn, dass du Mich jetzt schon jederzeit vertrittst mit deinem zielbewussten oder zähnefletschenden Betragen. Ich stärke dich um jeden Preis in deinen noch so zögerlichen Aktionen, damit Ich dir dereinst die Schlüssel übergeben kann zum Königreich von Meinen überwältigenden Gnaden.

Nimm sie an und öffne was zu öffnen ist in Glückseligkeit bereitender Manier.

2.16

Benimm dich wie ein Fürst und besser noch als wie ein Rabe, der das Glänzende bevorzugt vor dem Dumpfen im alltäglichen Betrieb.

Achte darauf, dass die rechte Folge eingehalten wird in deinen Tätigkeiten, einmal weniger und einmal mehr, damit du nicht zu rasch ermüdest, folgenschwer.

Befolgst du Meinen Ratschluss, folgen sich die Lebenstage, einer nach dem andern, auf der Schiene des gerechten Handelns, seinsgefällig, fabulös und gottergeben.

Die Geschichte an sich scheint wohl auch für dich kein Ende mehr zu haben, nachdem sie Mir bis ins Unendliche zu ragen scheint mit ihren Türmen.

Folgerichtigkeit ist bei Mir gross geschrieben, derweil sie bei dir noch gehörig wackelt in der Aufeinanderfolge deiner fulminanten Taten. Das setzt dir mächtig zu und veranlasst Mich, dir ebenfalls gewaltig zuzusetzen, damit was Rechtes aus dir wird im Kreise deiner süffisanten Aktionen.

In dieser Hinsicht melde Ich Mich später wieder, für jetzt jedoch, bekenne Ich dir, ist es Mir daran gelegen, einen Status quo zu definieren, der dich, wenn nicht blossstellt, so doch merklich einfärbt mit der Grisette, die dir so prächtig zu behagen scheint.

Mit Forensik hast du wohl noch nie zu tun gehabt; für Mich jedoch ist sie ein täglich Unterfangen, mit welchem Ich die Böcke von den Schafen scheide und die Ruppigen von den Gottseligen noch viel mehr.

Du pflegst dich immer dann zu tarnen, wenn dir ein besonders attraktiver Coup gelungen ist in deiner Sphäre der Gewalt und der gewaltigen Manöver, die dich um den Brei herum und immer weiter in die Irre treiben. Da ist Mir`s unbedingt daran gelegen, regulierend einzugreifen und den Lebensdingen ihre angemessne Stelle zuzuweisen.

So kommt schliesslich alles gut, gutmütig und galant heraus und folgt dem Ruf des Pirol der Ich Bin ins Jenseits aller Dinge zu unendlich liebevollen, attraktiven heiteren, holdseligen und geistbeseelten Freuden.

3

Die Schonfrist, die Ich dir gewähre

3.1

Die Schonfrist, die Ich dir und deinem Hof gewähre, bezieht sich auf die Zeit, die du verbringst am Morgen zwischen Schlaf und Wachem, wo die Seele sanften Flugs herüberweht von jener Welt in diese. Dabei ist sie noch wunderbar beeindruckt von dem Licht, wie von der Geisteswirklichkeit, die sie soeben noch erfahren und geniessen durfte um sich her. Dann erwacht ihr Wesen in der Wirksamkeit der Lebenswelt im zeitlichen Betrieb und vergisst dabei, was sie soeben noch erlebte.

Du gehst wohl mit Mir einig, wenn *Ich* Mich dir als Bürger und Bürge der Unendlichkeit und Geistwelt präsentiere, die *ist* und deren Hauch du nächtig spürst im Andersartigen.

Was immer Edelmut in dir bewirkt und aus-gezeichnetes Das-Sein-Erfahren, kommt von Mir, wie Meiner geisteswirklichen Potenz, von der Ich alleweil genährt und inspiriert, hochgehalten und vergöttlicht Bin in hochbedeutenden und wonne-vollen Massen.

Nun kommst du Mir gerade recht, um nach deinem Weg zu frage, den Ich dir gerne offenlege und zu deinen Gunsten pflege im bewundernswürdigen Hieroben.

Nachdem du ellenlang Geselle warst, wirst du nun Meister in der Folge deiner Liebestaten an dir selbst, wie an denen, die zum Kreise Meiner Schützlinge und Ebenbürtigen gehören.

Mich verwunderts, dass du nicht schon lang auf die Idee gekommen bist, Mein Ressort, wie Mein Himmelreich, zu suchen und zu untersuchen, bis es dir klar geworden ist, mit welchen Schätzen es dich konfrontiert und deine Wiege ist für gloriose Taten.

Du kannst dir denken, welche Rolle *Ich* dabei im Schilde führe und wieviel Effektives an dem hängt, was Ich in deinem Dasein liebevoll und ständig arrangiere. Das vertreibt die Unlust und beschleunigt deine Fahrt ins Jenseits aller Dinge und Verstiegenheiten.

Du kommst bestens bei Mir an und erinnerst dich an jene Werte und Vergünstigungen, Beglückungen und Seriositäten, die Ich dir alleweil auf's liebenswürdigste vergab.

3.2
Exzellentes lass Ich gelten, weil es das Miserable in den Schatten stellt und es zudem noch beleuchtet kreuz und quer.

Liebst du Dukaten, kann Ich dich zu deren Quelle führen und dabei betonen, dass sie dich nichts kosten, wenn du ihrer wirklich dürftig bist in deinem kargen Leben.

Wohin es dich auch immer ziehen mag, sind es enorme Werte, die dir von Mir zur gütigen Verfügung stehn, um dich entsprechend aufzustellen. Du kannst dich ihrer, wie du immer willst, bedienen, nur nützen sie dir mehr, wenn du sie auf Mich beziehst sowie auf Meine fabelhaften Definitionen.

Was immer Ich mit deiner Hilfe unternehme, soll in einen Finish laufen, der Begeisterung erweckt und Meine Treuen dazu animiert, es Mir mit allen Mitteln gut und gleich zu tun .

Willst du ein Poser sein, so leg zuerst einmal das ehrliche Geständnis ab, dass du ein Bluffer bist in deinen toten Hirtenhosen. Dann kannst du ruhig weiterfahren in der Kunst gehörig aufzuschneiden und dein mickeriges Dasein als das Nonplusultra vorzustellen, das man sich nur denken kann im Zeitgefüge.

Du denkst, dass du gewinnst, wenn du auch spinnst mit deinen superprovisorischen Ideen. Dabei ist nichts anderes von ihnen zu erwarten, als Geschnipsel und Falaria, peinliche Momente sowie würdeloses Raisonieren.

Ich bereite Mich auf vieles vor, dann aber will Ich nur das allerbeste Eine wählen, das männiglich besticht und jedermann als Vorbild dient für sein eignes, mustergültiges Verhalten.

Was immer Ich kreiere, klingt nach Vollbewusstheit, Seinsbeständigkeit und Meisterschaft im Tuten.

Meine Hürden sind zwar hoch, doch so Gott will, kann noch jede leichthin von dir übersprungen werden in der Kompetition, die Meine Sache ist, im Numinosen.

3.3

In Licht gewandet komme Ich einher und hülle dich in Mein Glückseligsein, wie Meinen hausgemachten Frieden.

Reckst du dich dem reinen Sein entgegen, geruhe Ich dich auf den Punkt zu bringen, wo du die Übersicht gewinnst über deine Rituale, Stimmungen und wohlgemeinten Meditationen. Sie befördern dein Gefühl für Übersinnliches, das deiner Tage

Nutzen steigert und dich Mir entgegenbringt im regen Austausch gegenseitig generierter Inspirationen.

Was du vordem nicht wissen konntest, bringe Ich dir dar als Novita von Meinem klargesichtigen Erwarten, wie von der alles überragenden Voraussicht, die Ich in Meiner schöpfergeistigen Struktur auf's trefflichste verankert habe.

Mir geht so bald der Stoff nicht aus, mit dem Ich dich stets auf dem Laufenden, wie auf dem schon Gelaufenen, in aller Form und Fülle halten kann, als hätte Ich nichts anderes zurechtzubiegen.

Meinen Konsultationen bei den höchsten Rängen, Richtern und Berichtern gemäss, wird das Lebendigmachende im Laufe der Äonen stets obsiegen und dem Abgestorbenen mit neuen, jungen Schösslingen die Stange halten im Gewinde unzählbarer Evolutionen.

Ich karge nicht, besonders, wenn es darum geht, des Lebens Wucht und Wille, Blütenduft und Raumesstille mit Myriaden Keimlingen und Kuriositäten, wohldurchdachten Lektionen und Sanierungen voranzutreiben, wie es sich für das geheimnisvolle *Es* gebührt, das hinter, über und in allem seine vielgerühmten und berühmten Keise zieht.

Damit will Ich dir zu wissen geben, dass auch für dich und deinen Gestus lange noch nicht aller Tage Abend eingetreten ist. Du darfst getrost auf neue Sonnen-, Lebens-, Glücks- und Glanzaufgänge hoffen, die dich in den Zustand der Holdseligkeit und Wohlgeborgenheit versetzen.

Dein Gewinn ist programmiert und dein Fortschritt hängt an deinen Fersen in unendlich seligmachender und ewig heiterer Manier.

3.4

Ich rate dir, den Lebenslauf mit dem, was Ich Mir Bin, zu kombinieren, damit er unbeschwerter, lukrativer und ereignisvoller wird durch die Grenzenlosigkeit, die Ich in Tat und Wahrheit demonstriere. Du hängst noch an vielem, was Ich schon längstens an den Nagel gehängt und ausgebootet habe. Das macht dich plump und verletzlich und bereitet Ärger noch und noch in der Runde deiner Zweifelhaftigkeiten.

Hältst du dich an Mich, so kannst du was Beschauliches erleben an der Art und Weise, wie Ich die Probleme löse, die Mir allenfalls noch auf dem Magen liegen.

Ich wette, dass du vieles nicht verstehst, weil du an ihm nicht wahrhaft interessiert bist, derweil es für das Wohlbefinden deines Lebenswandels äusserst nützlich wäre.

Du nimmst nur allzu vieles schweigend hin, was deiner Interaktion bedürfte, um es erträglicher, zuträglicher und sinngeladener zu machen.

Was Ich in Wahrheit will, sind: Aufgewecktheit, liebenswürdiges Benehmen und Exaktheit bis in kleinste Details, die von Mir bewilligt und gebilligt werden müssen.

Mein Zuzug ist so wichtig, weil er aus dem Hintergrund von Weisheit und Gerechtigkeit hervortritt, über die Ich massenhaft verfüge.

Ich Bin dein Los und deine Stärke und spende von allem, wessen du bedarfst, die seinsgerechte Dosis, mit der du in Gelassenheit und Frieden freilich existieren kannst.

3.5

Jedem, der da reüssieren will, kann Ich eine rechte Portion an Grundgehalt und weiterführender Gewissenhaftigkeit verleihen.

Die Beste deiner Eigenschaften sollst du bis zur Spitze treiben und in ihr so gut wie lang dich sonnen, damit du etwas Rechtes von dir hast in deinem figalanten Künstlerleben. Ich schaue zu und lass dich deine Ruh auf's zuversichtlichste und wohlbekömmlichste geniessen.

3.6

Ich eröffne dir getrost, was Ich noch alles über Mich zu sagen habe, damit volle Klarheit herrsche in des Seins unendlichem Betrieb. Somit lass Ich die Verhüllung fahren und besinne Mich in aller Offenheit auf alles, was verwerflich war. Im Grund genommen sind es Kinkerlitzchen menschlichen Formats, die nun so aufgeblasen werden, dass sie riesengross erscheinen in der Welt der Spiesser, Gernegrosse und Ganoven.

Was tue Ich? Ich lasse leben und stärke das Vertrauen in Mich selbst durch meditierende Gepflogenheiten und Erkenntnisse von über-überirdischem Format. Das kann Mir niemand mehr vergällen oder übel nehmen, weil es von höchster Stelle ausgeht und zu ihr zurückkehrt in die Herzen derer, die gerecht und gütig, gottgesegnet und gewissenhaft sein wollen.

Alles was du Bist ist mit grandiosen Lettern in das Sternreich eingetragen. Dabei verwirklicht sich, was dort schon wirklich war im Weltengeist und seinen universenweiten Meisterzügen.

Gelobst du Stärke, lass Ich sie aus Meinem Born in Fülle in dich strömen. Du schaffst es damit, standhaft und zugleich devot zu sein vor Meinen Adleraugen. Das gebiert die Achtung, die dir jedermann entgegenbringen soll, bis hinauf zu Mir, der *ist* der Spender und Inaugurator von dem Vielen, was die Welt beglücken und begeistern soll.

Mich kennt keiner, der nicht innig auf das eingeht und hinausgeht, was Ich will und was Ich Bin in Meinem Vorort, wie in Meinen dichtbesetzten Kerngebieten. Du staunst das alles an und überlegst dir, was Ich damit wohl erzielen möchte. Eines sicher: Durchgängigkeit, klare Diktion und Willensstärke will Ich präsentieren. Dafür ernte Ich Applaus von denen, die Mir auf die Finger schauen und beinah dasselbe auch erreichen können in ihren angepassten Dominanzen und Domänen.

Ich kündige verwirrt Gewordnes auf und klappe zugleich die Kritik zusammen, damit sich alles wieder findet in der Harmonia Mundi, die Mir eigen ist seit eh und je und mit der Inbrunst Meines wunderbar gesitteten und wohlbedachten Welt-ertragens.

3.7

Erstaunt es dich, dass du aus so und soviel Gründen den Anschluss an Mein Reich verpasst hast schon zum x-ten Mal. Du verrechnest dich gewaltig, wenn du dir anmasst, deine Pflicht und

Schuldigkeit Mir gegenüber nur so nebenbei zu generieren.

Da braucht es dann schon mehr an Pfiff und positiver Energie, Entschiedenheit und Herzensgüte, um Meine Zinne zu erreichen und Mein Ziel mit auserlesnen Taten.

Nun geht darum, dass du dich in allem Ernst mit einer neuen Strategie befassest, die dich näher, wärmer und gewissenhafter zu Mir führt, als es dir bisher angelegen war und die heisst: Regelmässiges, vertieftes Dich-Besinnen auf die höchsten Werte, die da sind: Rechtschaffenheit, Genügsamkeit und Seinsvertrauen in Verbindung mit Bewusst-Sein in den lichterfüllten Geistessphären.

Wer immer zu Mir kommen will, wird auch mit Glanz und Glorie empfangen und wer sich sputet, zu Mir zu gelangen, wird erhört, erhöht und in den Liebeshimmel aufgenommen.

Du schwindest und Ich nehme zu in deinem Reich des Seins-Gewissens, wie der Andacht vor dir selber, die ins Götterwirkliche und Gloriose an sich geht.

Bist du willig, so willigst du bedingungslos in all das ein, was Ich von dir fordere in höchster Qualität und Sitte, Liebenswürdigkeit und Generosität, der Menschheit gegenüber.

Ich trete für dich ein, wo immer Dritte nötig sind von götterlichtem Ausmass und Beginnen, die *Ich* dir ohne weiteres verfügbar mache in des Lebens Wohlerwogenheit und Stil.

Du magst es drehen wie du willst, Ich behalte doch den Drücker in besorgten Händen und besorg es dir so, wie es deinem Wesen frommt und wie es deiner Perspektive regelrecht zugute kommt im Vorwärts-streben.

Wenn du schon glänzen willst, so nimm das Glänzende von Mir entgegen, das dich in Meine Sternenweiten führt. Es festigt in dir, was Ich schon längst mit seligmachendem Erfolg in Mir vollzogen habe.

3.8

Wer sagt dir, dass du Bist? Du selber, wenn du dich dazu ermunterst, überhaupt danach zu fragen. Ist das schon etwas, ist es noch viel mehr, wenn du wissen willst, als was du dich bezeichnen sollst, um dich prägnant im Weltregister einzutragen.

Bin Ich konstant, fällt es dir ein, im wachenden Gemüt herumzuwälzen. Da bist du dir schon nicht mehr sicher, wie und ob es für dich weitergeht, wenn du dein Leben ausgehaucht und deine Sinne dich verlassen haben.

Da komm Ich dir zu Hilfe mit dem Hinweis, dass sich deine Munterkeit und Klugheit, dein ästhetisches Empfinden, wie dein Wonnesein schon jetzt gar nicht mit Händen greifen lassen und dass es Wesen sind von eigenständiger Brillanz, Konstanz und Liebenswürdigkeit in einem.

Aus eigenem Erfahren kann Ich dir versichern, dass sie *sind* und dass sie deshalb niemals untergehn.

Deine Sinne bringen dir das Ich-Gefühl und dieses konstatiert in dir "Ich Bin" und das vermag dir niemand wegzudiskutieren.

Deine Weltsicht ändert sich mit einem Schlage, wenn du einsiehst, dass du *Bist* und dass du damit auch dem Weltensein das deine einfügst als ein ebenbürtiges Gewissen und Partikel, ohne jeden Abstrich ausgebreitet ins Allhier.

Dass dich bisher das Vergängliche bedauerte, kann Ich recht gut begreifen, doch nun begeistert dich, was nimmermehr an dir vergeht im Unermesslichen, das dich beseelt.

Was ist der Sterne sinnend Sein, wenn nicht der Ausdruck deines eignen Wesens, das im Überall auf's trefflichste verbreitet ist, um seine Schöpferkraft auf wundervoll gediegne Weise zu entladen. Du belebst die Universenräume, wie dich selbst, mit deines Seins Geschicklichkeit, Erhabenheit und seelenvoller Harmonie.

Das ist Mein Credo und Gewissen und soll auch das deine sein in Übereinkunft mit dem, was da *ist* und was sich ewig ins unendliche Vereinen und Glückseligsein verströmt.

3.9
Ahnungslos kommt Mir gar mancher Geck entgegen, der mit seinem Wissen prahlt und weiss nicht wer er *ist* in seinem Sammelsurium von seelenlosen Plagiaten.

Ich hingegen kann Mir's leisten, nichts zu bewegen, derweil Ich Meine Myriaden Diener schuften lasse in der Tage Soll und Sakrifizium.

Meine Wende ist der Dreh zum Besseren, Erhabeneren hin, an dem Ich Mich erbaue und erfreue, wie das Kind im Spielzeugladen.

Willst du berühmt sein, rühme Mich in dir durch alle Böden und verlange weiter nichts, als dich an Meinem Sinngehalt geflissentlich zu laben.

Ich spende Tugend, währenddem du deine Jugend hingibst, um vermessen, prahlerisch und würdelos zu sein, bis ins Mittelalter, wo du dann vernünftig wirst und mit einem Bückling Meine Liebesgaben akzeptierst.

Kommt dir etwas in die Quere, lass dich nie von ihm verqueren, doch verlasse dich auf Mich, der alle Barrikaden vor dir leichthin zu entfernen weiss im unergründlichen Betrieb.

Das ist recht und billig, denn auch du bist schon vor Jahren einer Meiner Schützlinge geworden, die Ich niemals aus den Augen lasse, um sie ständig aufzuheitern und zu trösten, selbst im allergrössten Weh.

Gehörst du dir, gehörst du auch zu Mir und darfst mit Fug und Recht die Frage stellen: Was Bin Ich denn in Meinen Konvoluten, Kuriositäten und Klamotten in der Welt der menschlichen Begriffe, wie in der, wo Geisteskräfte walten mächtig über Mir.

Ihnen darfst du trauen, sage Ich und sage es empathisch und besonders auch zu dir gewandt im menschlichen Gewimmel. Daraus wird sich dann ein Freudenfest ergeben, wenn du einsiehst, was

Ich für dich Bin und was du Bist in Meinem wohlgepflegten Lebensgarten.

Was du suchen sollst, hast du im Grund genommen schon gefunden, wenn du immer wieder an Mich denkst und mit der Bitte um Erlösung und Erhörung zu Mir trittst im Unermesslichen. Dort walte Ich und weise an und Bin immerzu bereit, dich in allen Ehren aufzunehmen.

3.10

Was bei Mir verpönt ist, muss auch dir im tiefsten Wesensgrund zuwiderlaufen, spricht der Herr und meint damit die Wirrnis, die zu Tage tritt, in deinem denkenden Gefühl. Du weisst nicht, wer du Bist und rätselst ständig um den Brei herum, wie eine Katze, die ihn noch zu hitzig findet.

Ich aber sage dir, wohlan, es naht die Stunde, wo du *wissen* wirst, genau wie Ich, in wunderbar gesättigten und wohlbedachten Explikationen. Du sprichst dich selber an, indem du glaubst mit Mir zu sprechen und in Meinem Falle muss sich das genau ins Gegenteil verkehren.

Mit gutem Grund ist das so eingerichtet in des Weltseins ausgeklügeltem und malefizen Milieu. Es ist der Schutz, den Ich behutsam um uns lege, damit nichts profaniert wird von alldem, was wir so miteinander treiben.

Es gibt Geheimnisse, die nur vor denen offenbart und gelüftet werden dürfen, die in reiner Absicht und Gewissenhaftigkeit vor diese treten. Und gerade damit ist es so, dass die Gewissheit erst vermittelt wird, wenn du gläubig, zuversichtlich und bewusst geworden bist in deinem Dich-Erfühlen.

Ich strenge Mich so an, dir weis zu machen, dass Ich Bin und dass du Bist Substanz und Wesen, immergrüne, gütestrahlende Unendlichkeit in einem. Dein Verstand ist nimmer fähig, es gebührend zu begreifen, dein Gefühl hingegen schon. Deswegen ist es angebracht, dass du in erkennender Gemeinsamkeit mit Mir zur Ansicht kommst, die Ich vertrete, dass wir Eines und Dasselbe sind im Hier und Dort, im Offensichtlichem wie im hauchzarten Numinosen.

Ich kenne und bekenne, was Ich Bin, und offenbare dir damit auch, was du Bist, in deinem Universensein und Tiefsinn ohnegleichen. Das macht dich hell und heilig, wohlgebildet, ingeniös und generös dir selbst und allen gegenüber, die dir zu deiner Wohlfahrt, wie zu deinem Glücke, gratulieren wollen.

Ich trage Mich dir an, und gewahrst du, wie Ich in dir Bin, so kann dir nie und nimmermehr was fehlen.

Sei und singe und beginne, Mich seeleninnig zu begreifen.

3.11

Nun bedenke du, mit welchen Reizen du dich künftig strapazieren lassen willst, nach irgendeinem Willen und Befehl. Ist es nicht der Meine, kannst du sicher sein, in der Wirrnis, Wankelmütigkeit, Rotation und Wucht des Eigenwillens zu versinken. Daraufhin Bin *Ich* wieder dran, dich aus der Malaise herauszuziehn, um dir wie Mir ein kultiviertes, wie befriedigendes Leben zu bereiten.

In deine Hände ist gar viel gelegt, derweil dein Einfluss sich vom Hier zum Dort, vom Stationären zum Beweglichen und vom Tausendsten zum Einen hin bewegt, der Ich dir Bin, in einem Variationenreichtum ohnegleichen.

Ich spute Mich bei allem, was Ich unternehme, um es zeitig auf den Stand der Brauchbarkeit und Liebenswürdigkeit zu heben. Doch du tändelst und verhedderst dich im Spiel von Licht und Schatten, für und wider, bis nur allzu viel im Sandigen verläuft, auf das du dich begeben.

Die Kenntnis Meiner Konstellationen und Begriffe bringt recht viel, weil sie gesichert sind in Meiner Eigenart zu sein und Mich dem Wesen, das Ich Bin, getreulich hinzugeben.

Daraus kannst du folgern, dass auch du nicht wenig abbekommen hast von dem, was Ich als Mich bezeichne, derweil es eben dich ist, im Bewusstsein deiner Integrationen.

Währenddem du noch behauptest, von dem allem nichts zu wissen, kann Ich dir versichern, dass du es ans Licht der Wahrheit bringen kannst in mancherlei bekräftigenden Meditationen. Du schweigst, derweil Ich leise, liebvoll zu dir rede und dich davon überzeuge, dass das Wirkliche im Geiste sich vollzieht und sich in ihm auf's allertrefflichste, markanteste und götterlichteste behauptet.

Wie ein edler Schwur ist es, wenn Ich dir sage: Sei und lerne zu begreifen, dass du ein geistig Wesen Bist von Meinem Schrot und Korn, wie von Meinem universenweiten, gütestrahlenden und liebevollem All-Durchströmen.

3.12

Gehst du deiner Wege, Bin Ich stets damit beschäftigt mitzuschreiten, um dich vor Unheil und Enttäuschung zu bewahren und dir Kräfte des Entfaltens mitzugeben.

Ich bringe auf's Tapet, was zu besprechen ist bei der Verwendung Meiner Geistesgaben und anempfehle dir bald dies, bald das, im Hinblick auf dein Reüssieren heutzutags.

Pflegst du die Regeln einzuhalten und das von dir Verlangte präzis und sachgerecht zu tun, kannst du des Lobes Meinerseits gewiss sein, wie der Freude, die dich darob durchströmt.

Ich spreche Klartext, wo es darum geht, dich über Dinge aufzuklären, die dich im Innersten betreffen, folgenschwer.

Dein Seelensein ist mit dem Meinen so geschickt verbunden, dass die beiden ganz spontan und wunderbarerweise aufeinander reagieren.

Hast du begriffen, um was es Mir bei diesem Traitement und Verfahren geht, kannst du auch immer besser akzeptieren, was Ich dir vermitteln will im Ungewöhnlichen.

Du siehst dich mählich wie verwandelt in ein Wesen göttlicher Natur, das mit sicherem Gespür für Ewiges einhergeht auf der Hochheit Meiner Spuren.

Ich kreiere laufend neue Seinsbegriffe, die dir helfen sollen, deinem Leben Wohlgefälligkeit und Anstand, Glaubwürdigkeit und Seinsvertrauen zuzufügen.

Ich komme auf dich zu im selben Masse, wie du Mir begegnest in den schöpferischen Phasen deines Leicht-Sinns am allweltlichen Geschehn. Sie gilt es auszuweiten Stuf um Stufe bis zur Erfahrung Gottesgeistiger Instanzen, die mit ihrem vollen Seins-Gewissen hinter allem stehn.

Was du in dieser Hinsicht immer rühmst, wird auch dich rühmen und wird dich mit dem Zauberstab der Einigkeit mit dem akuten Universensein berühren.

Du gebierst, wie Ich, Gedankenfolgen von glückseligmachendem und weltumspannenden Bedeuten und trägst das Deine dazu bei, dass schliesslich alles gut und glaubhaft wird im Laufe wohlgesitteter und götterlichter Generationen.

Ich will dem allen wohl, was *ist*, und was sich Mir vertraut in weitgedehnten Geisteszügen.

Damit ist die Fülle deines Daseins in die Wesenswelt geschrieben und du darfst in ihr verweilen in der Herzlichkeit und Harmonie, Glückseligkeit und Fabelhaftigkeit der lichterfüllten Sternenweiten.

3.13
Wie kannst du Mir erklären, welcher Welt du angehören willst, der deinen voller Kinkerlitzchen, Superstitionen, Wankelmütigkeiten und Verdrusse, oder Meiner Fülle von verehrenswerten Geisteswirklichkeiten, die die Welt von innen her auf's wohlgefälligste und trefflichste beleben. Bei Licht betrachtet sollst du beiden zugehören, die für Mich nur eine sind im universenweiten Weltumfangen.

Ich überwalte alles, was da *ist,* und überlasse nichts dem Zufall in der Fülle Meiner Dispositionen, Seinsbegriffe und verehrenswerten Schöpferakte im Allhier.

Das Konstruktive hat bei Mir den Vorrang vor dem vielen Selbstzerstörerischen, dem noch manche gute Seele huldigt in der Folge seines Seinsbetrachtens und verwirrenden Agierens.

Ich komme Mir so vor wie einer, der Gebirge aufeinander schichtet, die dann durch Schwerkraft, Wind und Wetter allgemach zerbröseln, bis *Ich* sie wieder wohlbedacht saniere, zielbewusst und hocherhaben.

Trittst du für Mich ein, so ist es Mir wie nichts daran gelegen, auch für deine Seinsbegriffe einzutreten und dir jede Scharte auszuwetzen, die dir im Feuer des Gefechts geschlagen worden ist von Feinden deiner Vision.

Oft ziehe Ich es vor, Mich mit Mir selbst zu unterhalten, statt Mich mit lässigem Geplänkel und Gesumms herumzuschlagen. Dabei werte Ich Mich selber auf, indem Ich neuen Überlegungen Raum und Richtung, Verwirklichung und Fertigkeit verschaffe.

Du sollst nicht, soll von dir in ein bewusstes Wollen und Vollbringen umgewandelt werden, damit die Welt gewiss in neuem Glanz erblüht, von dir wie Mir dahingetragen.

Rette, was dir rettenswert erscheint, in eine neue Zeit hinüber und lass das Fahrige, Zerfahrene,

Nutzlose, und Grimmige getrost und mutig in den Hades fahren.

Was Mir vorschwebt, ist ein Weltsein ohne Hader und Verdriessen, aber eines angefüllt mit sinngeladnen Köstlichkeiten, die von Mir kreiert und von deiner Seite approbiert und gutgeheissen worden sind.

Was immer Ich empfehle, kannst du, statt auf die lange Bank, getrost in deinen Ofen schieben, damit es sich zu einem köstlichen Gebäck entfalte und dir bestens munde, ebenso wie Mir.

3.14
Von Klarheit keine Spur. Musst du im Trüben fischen, gibt es hier verschiedenes zu tun, um den Fall schlussendlich doch noch abzuklären. Dir gelingt es nicht, Mir jedoch ist es ein Leichtes, jeder Untat auf die Spur zu kommen, damit sie gesühnt und dann vergessen wird im Wettlauf der Äonen.

Schleppst du Sorgen rings im Kreis herum, so Bin Ich stets bestrebt, sie zu vermindern, indem Ich dich mit Meiner Tragkraft und Beständigkeit begabe. Damit wird es dir ein Leichtes aufzuatmen und dem Leben Sinnkraft und Rendite abzuwimmen mit erstaunlicher Gewähr.

Pauschal geht bei Mir nichts und niemand über die berühmte Lebensbühne, von der es heisst sie sei mit Schwellen, Fallstricken und Kuriositäten übersät, die nichts für Kinder sind und Jünglinge in ihren Flegeljahren.

Da hört es sich erstaunlich an, wenn Ich betone, dass Mir aller Krimkrams wesentlich und wissentlich zum Fortschritt gerät in Meinen vielbeachteten und hochgelobten Agitationen.

Dabei kann Ich es kaum erwarten, bis was neues bei Mir eintrifft, lang bevor es breitgestrichen wird in den gängigen Journalen.

Mir ist das „Wetten dass" verleidet, weil Mir das Bescheidene und Stillvergnügte besser liegt als das Pompöse, Aufgeblasene, das alsobald zerplatzt ist, wie ein zierliches Ballönchen.

Nimm hin, was dir gebührt, und lass das Andre tunlich liegen. Damit kannst du über Jahre unbehelligt deinen Job versehn, ohne angerempelt und beneidet, kritisiert und ausgeraubt zu werden.

Ich mein es ehrlich mit dir, so wie du es mit Mir halten solltest, damit die Waage uns zur Wiege wird, in der wir seligen Schlummer pflegen mögen. Wünschbar sind erfrischende Manöver und danach beglückende Momente, die den Ausgleich schaffen zwischen weniger und immer mehr.

Hat es dir gereicht, so reiche Ich dir Meinen Reichtum stillvergnügt hinüber, damit du von ihm zehren kannst im Stillesein, wie im beseligenden Seinsgenügen.

3.15

Braut sich was zusammen, so brau Ich tüchtig mit und lasse Meine Blitze in die Wolkenburgen fahren. Das gibt dann ein Melange von natürlichem und künstlichen Vermögen und hellt die Atmosphäre auf im Lichtersausen.

Ich lasse die Verfehlungen Parade laufen und merze alles aus, was schäbig oder schädlich war, in deinem Kontor und Manöverkasten.

Brillante Seinsgeschichten weiss Ich dir galant und feurig zu erzählen, damit du heitern Sinnes deinen Tag begehst und in ihm stille stehst im Abendleuchten.

Formal läuft alles wie am Schnürchen, doch im Hintergrunde lauern mancherlei Gefahren, die erkannt und abgehandelt werden müssen, damit nichts Unbotmässiges geschieht in deinem Krämerladen.

Womit Ich handle, handelt nicht von Wurst und Brot allein, sondern noch von jeder Seinsnuance im erhabnen Weltgefühl, das Ich konstant empfinde.

Bleibst du Mir treu, so nimmt auch deine Seele teil am universenweiten Habitus und Kunstgenuss, den Ich für Mich gepachtet und heraufgeschworen habe.

Da kommt gar vieles auf's Tapet, was dir noch niemals eingefallen ist, zur Wirklichkeit zu stilisieren. Es heben dich die guten Geister himmelan mit ihren formidablen Seinsideen und lassen dich im Dasein schwelgen, das sie dir à la Carte bereitet haben.

Ich zieh es vor, mit immer weniger Gelüsten auszukommen und mache Mir ein Fest daraus, im Maximum en miniatur zu existieren und daraus enormen Nutzen und vertrauliches Relieve zu ziehn.

Es handelt sich bei Mir wie dir darum, nicht stillzustehn und alles mit genügend Mass und Muster anzupacken, damit es einen Wohlklang bildet in der Welt, allwie von hundert lieblich tönenden Registern vorgetragen.

Das beginnt mit C und soll auch wieder mit derselben angenehmen Wohlgestimmtheit enden, so wie *Ich* es jedem bestens anempfehlen kann.

3.16

Kontakt mit Mir zu halten ist in dieser Zeit so wichtig, weil so viele Bande durch das allgemeine Banden-wesen arg zerschlissen und verwüstet werden.

Da ist es doppelt heilsam, sich Mir zuzuwenden, um das Ziel der Freundlichkeit und Freundschaft raschmöglichst in Perfecto zu erreichen.

Du glaubst es nicht und musst es doch für wahrhaft und vernünftig halten, wenn Ich's dir erkläre, dass noch jede Geste deinerseits in Meinem Sinnen bestens akzeptiert und honoriert wird, deinetwegen.

Ich vergebe und du sammelst ein - und von dem, was übrig bleibt, sollen dann die arm Gebliebnen leben. Das ist unfair und muss von dir, indem du spendest, ausgeglichen und verfeinert werden.

Alles, was von Mir kommt, trägt das Siegel der Vollendung und Gerechtigkeit an deinem Künstler-leben. Das will schon was heissen, dass ein Gott sich ganz persönlich um dich kümmert und die Krümmung deiner Welt der Seinen angleicht bis auf's Tüpfchen und damit auf's intensivste, das man sich dabei so denken kann.

Ich rühre alles an, was *ist*, um es in seiner Eigenart zu rühren und ihm den seinsgerechten Finish zu verpassen, wie es sich für einen Götterboten allerdings gehört.

Überall wo jemand kommt, komme *Ich* dir wunderbarerweis entgegen, um dir zu bedeuten, dass es Mich noch gibt und dass es sich im tiefsten Grunde lohnt, mit Mir zu taktieren, um selbander selbst die höchsten Ziele zu erreichen.

Nicht umhin komme Ich, dir weis zu machen, dass Mein Auftrag lautet: Sei und sinne nach darüber, was du Bist und was Ich in dir Bin an fabelhaftem Seinsgewinn seit allen Zeiten.

Nicht zuletzt sei dankbar dafür, dass du im Erkennen - deiner Weltsicht das Unendliche hinzufügst durch Mein stimulieren, stipulieren und verehren.

Es ehrt dich, wenn du von dir sagen kannst: Ich habe mich begriffen, weil das das Begreifen Gottes in sich birgt und die Glückseligkeit, die du darob in deinem Seelensein empfindest.

3.17

Dir scheint aller Krimkrams relevant, den man mit blossen Händen greifen und begreifen kann im niederträchtigen und skandalösen Weltgeschehn. Mir aber kommt wie nichts zupass, dass Mein Gedankenschaffen Wirkung zeitigt, ohne augensichtig, griffig und robust zu sein in seinem Geisteswesen.

Was dich beschäftigt ist Mein Unbeschäftigt-Scheinen, derweil Ich emsiger denn je mit Meinem

Schlagzeug auf die Pauke haue, um die Meinen anzutreiben zu gerundeten und seinsgerechten Taten.

Dazu Bin Ich in der Welt erschienen, um mit der grandiosen, wie der kitzekleinen, Kelle anzurühren und dabei den Brei auf's köstlichste zu würzen.

Dabei wird aus dem Nichts mit Hilfe hochgestochener Gedanken alles, was da *ist* und wird und kommt zum Schulterschluss mit ihm.

Will Ich Garant für etwas sein, so garantiere Ich für wohlbedachte Operationen, Infiltrationen und Manöver, die zu erheblichem Gewinn und Aufwall führen in der verführerischen Seinsgeschichte, die Mir eigen.

Ich verschwende nichts, doch Ich verwende alles zur Entfaltung Meiner Triebe, die schlussendlich das Unendliche erreichen. Daraus kannst du ermessen, wessen Geistes Glorie Ich Bin und immerwährend bleibe.

Was in Mir blüht, soll dereinst dir erblühen in der Sammlung und Befolgung guter Räte, die Ich dir verschrieben habe. Da geschieht etwas, was Evolution im grandiosen Stil bedeutet, wie in Epochen, die erst die Göttlichen gebürend übersehn.

In dieser Hinsicht kenne Ich Mich allertiefst und bekenne, was Ich weiss, mit unerhörtem Seinsgenügen.

Dichte du das Deine noch dazu und *sei*, von Hier bis ins Glückseligsein gestiegen.

4

Ich folge dir, indem Ich dich verfolge

4.1

War einst die hehre Freundlichkeit das Ziel, sind es nun die Vorbehalte, die Ich vor dein Wesen setze, um es aufzurütteln und ihm beizubringen, wie man sich benimmt in Meinem Sinnkreis und Gehaben.

Mir geht es nach wie vor darum, dir zuerst einmal zu demonstrieren, wer der Meister ist in Haus und Hof und wer die Fäden zieht, um Ordnung und Verdienst zu halten im gesamten Weltbetrieb.

Dann mag dir schon geringes Lob, nach strengem Tadel, wie Musik in beide Ohren klingen und dir Heiterkeit besorgen in der Tat.

Du findest deinen Faden wieder des Gerechtseins an dem Aufwall, den Ich deinem Dich-Besinnen vorgelegt und aufgetragen habe.

Nun soll es mit dir ganz auf Meine Art und Weise weitergehn, aus deinem eignen Antrieb und Für-gut-Befinden.

Ich folge dir, indem Ich dich verfolge und mache dir trotz allem schon seit langem keine Vorbehalte mehr.

Mein Rückhalt stärkt, was du dir immer Bist, in guten Treuen und bedient dich ohne weiteres mit den Erfordernissen, die Meinerseits an dich gestellt sind, um mit dir voranzukommen im bewunderns-werten Weltenspiel.

Tragisch ist nur deine lange Leitung im Begreifen dessen, was Ich von dir will und was dann Aufschub und Verzögerung bewirkt im multiplexem Spiel.

So schaukelt, was da schaukeln will, hinauf, hinab und hin und her in Äonenzeiten und Gewinsten an Vermehrung und Profil. Es zeigt sich, was Ich kann und was du können solltest, unter Meiner Grazie und Fuchtel, Liebenswürdigkeit und Synergie.

Es geht nicht anders, als dass wir felsenfest zusammenspannen, um das Menschen- wie das Götterziel mit Anstand pünktlich zu erreichen und um es dann gebührend und berührend hochzujubeln in der tiefbeglückten Schar.

Daraus ersiehst du Meinen Willen, trotzdem ganz enorme Güte zu verströmen, die auch dich betrifft und deinem Dasein Freude, Frieden und Erhabenheit beschert.

Ich habe dich dazu erwählt, als Mich im besten Sinne zu agieren und damit zu vollenden, was Ich mit soviel Schwung und Grazie, Gutmütigkeit und Energie begann im Unergründlichen.

4.2
Gehörig zu verschnaufen steht auch dir wohl an, nach dem aufgeregten Vorwärtspreschen durchs Gehölze ringsumher. Du vertiefst dich in die Ansicht, dass es nötig und gehörig war, bis zum Rande zu gelangen, von wo nun Innerliches im erkennenden Gemüt geschieht.

Du klammertest dich an gar vieles, was dir keinen rechten Halt gebot und musstest dir gestehen, dass mit andern, bessern Mitteln das erstanden werden kann, was ewig zählt und was schlussends ins zierlich Zarte mündet in elysischen Gebieten.

Wie soll das weitergehn, ist hier mit Fug und Recht goldrichtig zu bedenken, wo doch alles so gemütlich und bekömmlich ist und unbescholten in der Grazie des Augenblicks, wie im unendlich lässigen Verweilen.

Mich kann Ich nicht mit liederlichen Argumenten und Begriffen ruhig stellen und du dich selber noch viel weniger im Hinblick auf das Künftige, das unbarmherzig, unentschieden und unendlich vor uns liegt.

Alles geht so weiter, wie es eben durch sich selbst in Schwung gekommen ist, wie durch die Argumente, die es in diese oder jene Richtung führten. Alleweil jedoch gewann Vernunft die Oberhand und konnte das Vermessene und Unergiebige verdrängen. Neue Regeln fanden offenes Gehör und liessen die enormen Turbulenzen allgemach verschwinden.

Emsiges Getriebe wechselt mit beglückend angenehm empfundener Ruh im Sein und Leben.

In Meiner Hemisphäre lässt sich eben vieles besser an, als in deiner und vermag sich dem entsprechend auch viel länger zu erhalten als probat und hilfreich für Mein Götterleben.

Ich anerkenne und benenne, was da *ist*, als wohlgelungen und erspriesslich, manierlich, mustergültig und gediegen.

In diesem Sinne kann es bei Mir weiter gehn bis in Unendlichkeiten, die Mich jetzt schon mit gelindem Zauber, warmer Zuversicht und stiller Seligkeit umgeben.

Ich bilde Mir das ein und schaffe es, ihm anerkannte Bildung und Beglückung zu verleihen, ausgesprochen lichtvoll, liebenswert, weltmännisch und erhaben.

4.3

Gute Wünsche kann Ich wohl gebrauchen, um das gewissenhaft und clever auszuführen, wofür Ich Mich entschieden habe. Das macht Meine Grösse aus, dass Ich alles, was Ich je erdacht, ermittelt und für seriös befunden habe, Meinem Weltenwerk zugute kommen lasse in der wohlbedachten Siegestat.

Ich bleibe bei der Stange, selbst wenn noch so viele ihren Bettel draufgehn lassen aus Verdruss am schlechten Reüssieren. Sapperlot geruhe Ich zu sagen, wenn was arg missraten ist und tant mieux, wenn sich die Dinge anstandslos zusammenfügen.

Fügst du dich ohne Murren Meinem Willen an, kann Ich dir anstandslos Mein Lob dafür verehren. Das spornt dich dann besonders dazu an, noch mehr zu leisten und Erhabenes hinzuzufügen, Meinem Sinn gemäss.

Dem Festgefahrenen sollst du geschwind den Laufpass geben, das Lichte, Leichte, Luftige jedoch am Bändel halten, damit dein Dasein Seinsgewicht und Farbigkeit, Mehrwert, Recht und Tugend generiert.

Willst du spriessen, biedre dich Mir an und konzentriere dich darauf, Mir immer besser zuzuhören.

Deine Latte ist zwar hoch gelegt, doch helfen Meine lupfigen Gedanken dir, berührungslos darüber wegzufliegen, geradewegs zum silbernen Pokal.

Mir eilt es nicht, die Frage nach dem Sinn zu lösen, weil sie eben sinnlos ist im Andersartigen, mit dem Ich Mich seit eh und je befasse und Mich in das vertiefe, was Ich laufend überseh.

Damit soll gesagt sein, was Ich dir in guten Treuen zu berichten habe. Es soll dich dazu ermuntern, aller Sorgen ledig und erlöst zu sein im Hinblick auf die festliche Vereinigung, die wir in Zukunft miteinander pflegen.

Es ziemt sich nicht, dir förmlich und verbindlich, väterlich und seelenvoll zu danken für jede Grille, welche du verscheucht hast vor dem Angesicht des Herrn. Dennoch trägt das dazu bei, dass es ewig, liebreich und geziemend leuchtet über dir, in vifem und bezaubernden Florieren.

4.4

Willst du Mich lieben, schaue zuerst gründlich in dir nach, ob du dazu fähig bist mit deinen hochgezüchteten Allüren. Es erfordert Demut und Bescheidenheit, um einem Gott zu dienen und um ihm wahre Referenz, Wahrhaftigkeit und Ehrfurcht darzubringen.

Ich liebe dich, ist leicht gesagt, doch wenn es darauf ankommt, pflegen noch die Meisten gründlich zu versagen.

4.5

Vergiss nicht anzuklopfen, wenn du bei Mir vorsprichst, um neue Weisungen und Dienstbefehle abzuholen. Höflichkeit hat Tradition an Meinem Hofe und lässt sich nur mit seriösem Einsatz, Wachsamkeit und Zuverlässigkeit erringen.

Hast du je versucht, einem Rüppel Anstand beizubringen, so weisst du, wieviel Nerven und Geduld von Nöten sind, um hierbei wahren Fortschritt und beglaubigte Gewinne zu erzielen.

Im Grund genommen winde Ich Mich mit der Fülle Meiner einzigartigen Ambitionen und Befugnisse unentwegt hinan, um neue Positionen und perfekte Stellungen im Diesseits, wie im Jenseits, zu erreichen. Kastelle noch und noch muss Ich zu diesem Zweck begründen und Verbindungen erstellen bis zu himmelweiten Fernen, die für dich noch undenkbar und höchst umstritten sind mit ihren sagenhaften Variationen.

Ich gehe niemals fehl mit dem, was Ich allüberall als tunlich und dezent empfunden habe. Das ergibt dann einen Weltbegriff von ausgezeichnetem Bedeuten und mag dich mit der Nase darauf stossen, dass Ich mächtiger, mobiler und beherrschter Bin als alles, im bewussten Mich-bis-ins-Unendliche-Entfalten.

Mir stösst gar vieles zu, was Anstoss, Ärgernis und Rauheit an sich generieren könnte. Das alles aber lässt Mich kalt, weil Ich Mir's abgewöhnt und ausgetrieben habe, auf jeden Mischmasch überreizt zu reagieren und Mir damit Meine Suppe zu versalzen.

Wozu immer du befugt bist, sollst du tunlichst und devot bei Mir erfragen. Das vermeidet manchen

Trugschluss, wie die zweifelhaften Folgen die daraus erstehn.

Ich versuche ständig, dich eines Besseren und Angemesseneren zu belehren, doch stosse Ich dabei zumeist auf taube Ohren, die Mein Postulat ins Nichts verlaufen lassen, ohne Richt und Ziel.

Dass das prekär ist, brauche Ich dir nicht zu wiederholen und dass du besser tust, Mir anstandslos Gehör zu schenken ebenso. Das allein wird dich in Wahrheit weiterbringen und dich mit Meinem Gnadenlicht begaben, seligmachend, allerfüllend, wunderbar.

4.6
Verwandlung deiner selbst sollst du ein lebelang betreiben, welche schliesslich dazu führt, dass du gestraffter und geschniegelter aus alledem hervorgehst, was dich mürbe machen wollte und servil.

Ich achte peinlich auf die Dinge die da kommen sollen und gewahre, wie du dich benimmst im Garten Meiner Lüste und Gelegenheiten, dich delikat oder delinquent zu porträtieren.

Geruhst du, immerdar zu denen zu gehören, die mit Meiner Elle messen und den Vorzug Meiner Redlichkeit geniessen, darfst du dich getrost als Gottesfreund und -würdiger bezeichnen. Mein Schutz ist dir gewiss, und durch dein Geäder lass Ich Meine Stärke fliessen.

Was immer Ich für dich als friedefertig und geruhsam postuliere, wird genau so sein in deinem zwitterhaften Leben und wird dir Herzensfreude, Heiterkeit und Heldenmut bescheren.

Ich renke wieder ein, was du voll Unmut ausgestossen und lade dich in allem Ernste dazu ein, mutvoll ins Künftige zu schreiten.

Bade und erlabe dich an dem, was *Ich* dir offenlege

Für Kenner hab Ich ein besonders artiges und ehrenwertes Stück geschrieben. Es handelt von den sieben Geistern Gottes, die in ruhiger Gelassenheit um seinen Thron versammelt stehn. Sie harren auf die Ankunft des Allhöchsten, dem sie Treue und Ergebenheit geschworen haben.

Was sie *sind*, ist ihnen wohl bekannt und was sie auszusenden haben auch, in Dignität und Vollmacht für Äonen. Ihnen unterstehn die Legionen geisteswirklicher und hochpotenter Wesen, die befugt und eingeschult sind, um das Welten-schaffen regelrecht voranzutreiben und ihm Meinen Stempel, Mein Statut und Meine Weitsicht einzuprägen.

Ich konsumiere auch, doch halte Ich dafür, zuerst die Lebenskräfte derer aufzufrischen, die gehöriger Impulse und Entschiedenheiten dürftig sind im gottgesegneten Allhier.

Was dich betrifft ist weiter auszurichten, dass vor allem Seinsvertrauen und Vernunft gefragt sind in der Hemisphäre reiner Gastlichkeit, die du um dich verbreitest in der wohlgesetzten Tat.

Das wirkt wie eh und je in allen Regionen deiner Brauchbarkeit als Stütze Meiner mutigen und kraftgefütterten Intensionen.

Ich bediene dich mit Wohlfahrt, Zügigkeit im Handeln und Genie und verlange weiter nichts von dir, als dass du Meiner Gaben dich gerecht erweisest, indem du sie gebrauchst für gute Zwecke, Zwicke und verehrenswerte Dienstbarkeiten.

Was immer elegant ist und verführerisch in Meinem Laden, hänge Ich zuvorderst hin, damit es von der Stange weggeht, wie beim Bäcker frische Brötchen und das Auge derer zum Entzücken bringt, die es schlussendlich wie geschenkt erhalten.

Mir wie dir wird niemals etwas mangeln, weil wir durch den Geisteswohlstand waten, der uns gleichermassen, wie der ganzen Welt, gehört. Eruiere ihn und sei damit gebürstet und gestriegelt für beneidenswerte Taten.

Dein Folgsam-Sein sei eine Folge guten Willens, den du wie den roten Teppich vor dir ausgelegt. Du bekräftigst damit, was Ich will und immer wollte in der Universenschau und -Schichtung, die Mein Ein und Alles sind in der so beglückenden, entzückenden und nimmermüden Seinsbroschur.

4.7

Du pendelst her und hin zwischen zwei Welten, die sich beide wirklich und wahrhaftig nennen. Ich schliesse keine aus, derweil du dich verhedderst beim Versuch, die Eine vor die Andere zu setzen. Das geschieht, weil deine Einsicht in das Weltensein noch vieler Präzisierungen bedarf, die

Mir allesamt geläufig und bekannt sind in den Geisteshöhn. Dann darfst du dich in aller Form und mit gehörigem Format als Wissender bezeichnen, wenn deine Strecke von dir selbst bis zu den Sternen reicht, die allesamt in Mein erhabenes Revier gehören.

Was kommt vergeht, nur Ich Bin Mir bewusst des ewigen Bleibens in der Pracht des himmlischen Genügens, wie dem Hiersein überall im Universentreiben. Das ist nur möglich und wahrhaftig, wenn du in deiner Denkart vollends und zutiefst vertraulich Mich geworden bist für alle Zeit sowie für jede deiner wohlbegründeten und zauberhaften Aktionen.

Du siehst wohl ein, dass es so ist und kannst es doch nicht fassen, weil der Schritt von dir zu Mir dir noch als viel zu grandios erscheint, als dass er je vollzogen werden könnte, mittelfristig oder ohne jeglichen Verzug.

Was dir gehörig ist, muss ja von irgendwem und irgendetwas stammen und das Bin Ich, der universenweite Macher und Vollbringer fabelhafter Taten. Du staunst sie alle an und merkst nicht, dass du selber Täter bist in weiterführender Instanz von Meinem Seinsbegriff, allwie von Meinen eminenten Gnaden.

Traure nicht um das, was du nicht weisst, du wirst es alleweil zur rechten Zeit erlangen. Das geschieht durch Meinen Einfluss, wie durch Mein Mich-wunderbarerweis-in-dich-Verströmen.

Lass nur Meine Sorge sein, was hier noch zu geschehen hat und bereite dir, wenn es geschieht, ein Fest aus hunderttausend wirkungsvollen und beseligenden Gnaden.

4.8

Mein Gebot an dich ist locker, liebenswert und kaum zu spüren, denn es gilt Mir selber, akkurat in dir.

Bald wirst du dich sogar befreit von jeglicher Verpflichtung gegenüber Meinem Kontext fühlen. Doch das kann einen grandiosen Irrtum generieren. Dem Freisein liegt nicht Lässigkeit und Zügellosigkeit zugrunde, sondern freies Sich-Entscheiden für ein Unternehmen, dem Bedeutung für das Wohl der Welten zukommt dort und hier.

Ich erlaube Mir, dich über diesen Gangway aufzuklären damit du Vorsicht walten lässt beim Auftritt so und sowieso.

Meine Stärke ist die Unbeirrbarkeit nach allem, was Ich folgerichtig und konform für Mich entschieden habe. In dieser Hinsicht wälze Ich äonenträchtige und -prächtige Projekte vor Mir her, ohne im geringsten nachzulassen oder etwas aufzgeben an den universenweit gestreckten Plänen.

Ich komme alledem zuvor, was glaubt, hervorzu-preschen sei das höchste der Gefühle. Das ist es ja gerade nicht, derweil Besonnenheit, Glaubwürdig-keit, Verbindlichkeit und Treue alles sind, was letztlich zählt im Universenzählen.

Meine Stimmung und Gestimmtheit kommt bei allen immer besser an, weil sie darauf getrimmt ist, ganze Völker zu beglücken, anstatt ihnen ungeniert das Wasser abzugraben.

Was bei Mir ankommt, muss bei dir genauso tüchtig, pfiffig griffig und entschieden intus sein, damit die Gleichung aufgeht zwischen dir und Mir und unsern fulminanten Lebenstaten.

Partiell mag da schon vieles eingefuchst und eingelaufen sein, doch muss es auch im Ganzen stimmen, damit das rund läuft, was Ich rundherum bekräftige im Zuge Meiner Sternenvisionen.

Du kommst mir gerade recht, so etwas wie ein Generalagent zu sein von dem, was Ich schon immer propagiert und felsenfest versichert habe. Das wird die Dinge regelrecht in neue Flüsse führen nach dem Prinzip des seligen Gestaltens und Verwaltens neuer, wunderbar beglückender, entzückender und wonnevoller Wirklichkeiten.

4.9
Worüber soll Ich dir berichten, wenn nicht vom über alles synergetischen und sakrosankten Sein, in dessen Hemisphäre Ich Mich ohne jeden Deut befinde. Nichts kann das schmälern, was Ich Mir zu sein gewohnt Bin und zu redigieren, explizieren und vergeistigen im selben wohlgestalten Zuge.

Ich anerkenne deine rührigen Versuche, Meinen gloriosen Standpunkt zu erklären, muss dir aber ins Gewissen schreiben, dass es so nicht geht, wie du dir vorgenommen hast in deinem Reflektieren, Propagieren und Erläutern aller Wirklichkeiten, die du für möglich hältst in deinem so beschränkten Sinnkreis und Philosophieren.

Ich halte es demnach für richtig, wichtig und kulant, dir klaren Wein und Wirkstoff zu kredenzen über das, was Ich Mir Bin und werden will, in Meinen unerhört geschmeidigen und zielgerichteten Ambitionen.

Mein Erwägen geht dahin, dir sämtliche Register Meines Orgueils resolut herauszuziehen mit der Absicht, dir in freiem Konzertieren und Paraphrasieren alle Melodien vorzuführen, die Mir inne sind in Meinem konzertanten Künstlerleben.

Worauf Ich Mich wie immer konzentriere, sind die bestens bei Mir eingetrichterten Phrasierungen, die es Mir gestatten, so wie Ich es immer will zu sein in Meiner Eigenart als Sein vom Seligsein in absoluter Frische, Heiterkeit und Harmonie.

Ich lade nie mehr auf, als was Ich zu ertragen, wagen und gewinnen fähig Bin in Meiner Eigenart als Urgrund aller Zeiten und Gelegenheiten generös und genial, gutmütig und gebieterisch zu sein in Meines Weltenbaus erhabenem Juhee.

Was immer Ich behaupte, stimmt auf's Haar und kittet akkurat in Eins zusammen, was Ich Bin und was Ich überglücklich und gelassen, ausgefeilt und seinswahrhaftig treibe.

Sei und sei mit Mir vereint als Prachtsgestalt und Parvenü zu einem solitären Paar.

4.10

Mein Ministerium steht dir mit Rat und Tat zur Seite, sofern du mit vernünftigen Empfindungen und Argumenten antrittst in der Morgenfrüh. Ich bewahre sie vor dem Veralten und will sie stets brandneu und aktuell erhalten, damit sie dir zum sicheren Erfolg verhelfen in des Lebens fabelhafter Kür.

Ich setze Dampf auf, wo es gilt ein hängiges Problem bewusst voran zu treiben, damit es zügig eine Lösung findet in den gängigen Kanälen.

Ich mute Mir in dieser Hinsicht alles zu, was deiner Sache dient und dich auf eine höherwertigere Stufe führt in deinem lukrativen Wanderleben.

Mir ist es stets darum zu tun in Näh und Ferne grandioses zu bewirken, das dem Aufwand angemessen ist, den Ich an den Tag wie an die Nacht gelegt und unaufhörlich aufgepäppelt habe.

Angst und bange kann dir werden, vor den unerhörten Forderungen, die von Mir an dich gestellt sind, tag und nächtig in des Seins Gewissen und Betrieb. Dazu ist zu sagen, dass Ich stets dazu bereit Bin einzugreifen, wo die Not grassiert und wo der gute Wille herrscht, sich von dem Andersartigen beraten und berichtigen zu lassen.

Kannst du Fliegenfischen? Dann bist du's gewohnt, eine Sache auf den Punkt zu bringen, der deiner Absicht ungesäumt entgegenkommt in frohgemutem Wohlgeraten.

Was lässig ist an dir, das lass Ich zügig in die Weiten fahren, was strikt und seriös behandelt werden muss, geruhe Ich am kurzen Strick zu halten, damit Mir die Kontrolle nicht entgeht im Göttersinne Meiner Provenienz und Zuversichtlichkeit im Grünen.

Ich lande dort, wo Ich Mich hinbeordert habe, du hingegen aberrierst nur allzu oft dorthin, wo du im Grund genommen nichts zu suchen hast mit deinen Fingerfertigkeiten.

Ich klage dich nie an, doch wenn du kläglich daliegst, stelle Ich dich wieder auf, damit du's nächstens besser machen kannst mit deinem vielgewohnten Winkelzügen.

Schau vorwärts und gewahre, welche Wonne dich erwartet in des Daseins Morgenschimmer und holdseligem Erlaben.

4.11

Ich verpflichte dich zu nichts und allem, wenn du Mir endlich, ernstlich zuhörst, statt bei jeder passenden Gelegenheit die Beine über`n warmen Sand zu strecken. Du magst Mich ruchlos nennen, Meine Devise aber lautet nach wie vor: Mit nichts geht nichts und willst du etwas tüchtiges erreichen, musst du schon kräftig auf die Pauke hauen in deinem lebenslustigen Quartier.

Stehst du Modell, so zögere nicht, dich ungeniert ins allerbeste Licht zu rücken, damit du gross herauskommst, wo so viele noch im ersten Ansatz stecken bleiben.

Holst du auf, so hole Ich dich strikt an Meine Seite, wo du besser kämpfen und gewinnen kannst denn je. Ich kräftige, was ungelöst an dir herunterhängt und führe dich galant zu Meinem Tisch der siebenhundert Wundergaben.

Locker ist Mein Herz, wie Meine Hand, wenn es sich darum handelt, gute Trümpfe auszuspielen, die relevante Resultate zeitigen.

Ich Bin ja nicht von hier und dennoch greife Ich mit fester Hand dazwischen, wenn eine Sache zu verderben droht in deinem sonst so sonnigen Juhee. Nicht nur väterlich- und mütterlicherseits Bin Ich mit dir verbunden, sondern allseits in den lichterfüllten Geisteshöhn. Das verleiht dir den Aspekt der Weisheit, wie die nötige Gelassenheit, um dich trefflich und gebührlich durchzuschlagen.

Ich halte es für unumgänglich, dass du durch dein Tagwerk Meiner immer öfter, inniger und herzlicher gedenkst, damit du zielgerichtet das verfolgen kannst, was *Ich* dir als erstrebenswert empfohlen habe.

Dir gebührt es, Meine Wachsamkeit zu imitieren und in ihr das Heil der Welt zu finden, das sich denen mitteilt, welche sich in Mir gefunden haben.

Von dir begeistert kann Ich sagen: Mach nur weiter so und lasse dich von nichts und wieder nichts beirren auf der Fahrt ins liebevolle Geisteswehn.

Ich habe dich erwählt und du bist ohne weiteres zu Mir gekommen, um das Fest der Geistesgegenwart zu feiern und in ihr dein Glück und deine Seinserfüllung zu erfahren.

4.12

Das ist eine Frage der Kompetenz, wenn du glaubst, alles und jedes nach seinem Gehalt, seiner Berechtigung, wie nach seiner Attraktivität beurteilen zu müssen.

Ich warne dich davor, zu viel wissen zu wollen, weil du dabei Gefahr läufst, dir die Finger zu verbrennen, um dann schmählich vom Schauplatz der Geschichte abzuhauen.

Was gang und gäbe ist, braucht es für dich noch lange nicht zu sein und was man meiden soll, kann ausgerechnet für dich heilvoll und erfolgreich sein.

Was unklar ist für dich, das will Ich künftig bestens klären, und was du vermissest, finde Ich für dich in grandiosem Stil.

Macht das für dich Sinn, so musst du dich nur tüchtig und vertrauensvoll zu Mir hinüber wenden und schon ist der Bund perfekt, den wir durch aberviele Leben tragen.

Ich stehe auf und du setzest dich getrost und schneidig nieder, weil du sicher bist, dass Ich deine Sache würdig und gewissenhaft vertrete.

Ich will und schon willst auch du, weil die Gemeinsamkeit die besten Früchte trägt in deines wie in Meines Lebens Wohlgeraten.

Dir, wie Mir, ist es beschieden, mählich aufzuwachen zu einer Schau von kosmischem Bedeuten, wie zu einer Graduation von götterherrlichem Befund in deiner Eigenart als Sein und Wesen.

Ich vermittelte und schon sind deine Mittel hundertfach gestiegen, mit denen du die Wirtschaft höchst gedeihlich führen kannst, die Ich dir für Äonen eingerichtet, anvertraut und gutgeschrieben habe.

Was immer du dir von Mir denkst, wird bald zu einer Folge von Bedankungen und Venerationen, die du für Mich hegst und in deinem Seelensein gehörig pflegst mit Inbrunst und Behagen.

So donnert und verdonnert dir der Lebenstag und einer nach dem anderen vermittelt dir die Freude des Geborgenseins in Mir und Meinen köstlichen Agglomerationen.

Du wertest, was zu werten ist und kommst zum Resultat, dass alles Meine Güte und Begütung reflektiert zu deinem gloriosen Heil im Wunderbaren.

4.13

Ist es sprunghaft, gleitet es dir leichthin aus der Hand und lässt sich kaum mehr fangen. So umschwirren dich beständig kritisch machende Gedanken, die zu zähmen wesentlichen Aufwand generieren.

Im allgemeinen lässt sich gar nichts ohne Kraftfluss, simultanen Einsatz und Gewissenhaftigkeit erreichen. Du setzest dich für eine Sache ein, die dir gediegen und vernünftig scheint, unter dem Aspekt von Meinen Mustergültigkeiten.

Gar mancher redet irr und irrt sich gottvergessen, wenn sein Handeln nicht auf Meinem Einfluss, Einstand, Manifest und Meiner Festlichkeit beruht. Da gilt es, rasch zu reagieren und Veränderung herbeizuführen, die zu guter Letzt zur Lebensgüte und Erbauung führt in allen menschlichen wie Götterregionen.

Ich überwerfe Mich mit keiner inkarnierten Seele, weise sie jedoch mit Nachdruck darauf hin, dass sie sich ungesäumt in Meinen Diensten fühlen soll zu ihrem allerbesten Nutzen und Erfahren.

Da mögen noch so viele Herzenskrisen auf's Tapet und in den Sichtkreis kommen, du meisterst sie mit eleganten Schwüngen und Berichtigungen unter Meiner geistgesättigten Regie. Das lässt dich dann mit immer grösserer Gewissheit und entsprechendem Vertrauen Meinen einzigartigen und hochdotierten Pfad beschreiten, der zu sakrosanktem Mehrwert, wie zu einem silberglänzenden Bewusstsein führt von Seinserhabenheit und innigem Beglücken.

Mir ist es mehr als recht, wenn du geschwind zur selben Ansicht neigst, wie Ich sie schon beständig und inständig pflege, damit die Dinge deines Lebens sich in ehrenwerter Weise und Berufung, Mobilität und Seinsgerissenheit vollziehn.

Wenn einer dominiert, so Bin es immer Ich, und deine Stelle ist die Zweite im auf`s gründlichste durchforschten und beseligten Allhier.

Willst du dich wenden, wende dich zu allererst zu Mir, damit du deine Seinsbestimmung und Berechtigung nicht aus dem Blick verlierst. Ich bin dabei dein Helfer und Gespan und führe dich zur Ansicht, dass das Universum fabelhaft und gut ist in entzückend traulicher und seinsbeschaulicher Manier.

4.14
Es wird dir alles gesagt in der Kraft des heilen, heiligen Wortes, die dich vom Himmel aus beseelt.

Es hilft dir, dein Sein in der Gnade des Herrn zu erleben. Dabei hüllt es dich in seine Gestalt und verleiht dir den Weckruf der Freude, die dich von Mir und Meinen Garanten beseelt.

Ich komme, das Niveau zu halten, das Ich im Weltsein erreicht und ständig verfeinert habe. Was dir obliegt, ist, neuen Weiten Raum zu schaffen und damit den Segen des Gerechtseins zu verteilen, deiner Eigenwelt und Wirksamkeit gemäss.

Ich strauchle nie, derweil Ich Mich im ganzen Universum durch die Büsche schlage und prophezeie dir denselben Ruhm unter Meinem benedeiten Schild und Namen.

Ich stosse dich nicht an, erwecke aber in dir die potente Sehnsucht, zu den Meinen zu gehören.

Hast du das erreicht, geht dir alles leichter von der Hand denn je und du fühlst dich wie gemacht für wunderbar begeisternde und auserlesne Szenerien.

Jede Willkür ist dir fremd geworden und du schweigst gelassen, wenn die Massen wild und lautstark durcheinander reden.

Das Bild von Mir im Herzen hechelst du nicht mehr und gehst ruhig deiner Wege, die von Mir als gängig, kollersicher und galant bezeichnet worden sind.

Ich stütze Mich auf dich, genauso, wie du dich auf Mich verlassen kannst in deinem Tun aus Prestigegründen und Verlangen nach noch mehr.

Nach Mir kann nichts mehr kommen, was noch überragender, sinnvoller, kompetenter und gerissner wäre in der Platzierung und Verzierung Meines Götterseins entlang der Tore, die dich einzutreten heissen. Meine Überzeugung wird die deine sein, dass alles, was Ich Bin, von Güte strahlt, von Lieblichkeit, Perfektion und zartem Sich-Gedulden.

Was Ich liebe, wird natürlich auch von dir geliebt und angenommen sein und Meines Credos Widerhall wird ohne jeden Abstrich dir gehören.

Öffne dich und lass die Gottesliebe förmlich und verbindlich, vielgestaltig und einhellig in dich strömen.

4.15

Aus der Ruh ins Weltentreiben sende Ich des Lichtes fulminanten Strahl, die Gemüter zu erhellen für den Tag. Ich weise ihnen Meinen Auftrag zu, den zu erfüllen Ich sie mit bewundernswerter Weisheit ausgestattet habe.

Ich werte auf, was lang schon der Bewertung harrt und poche auf die Wirkung Meines Seins-verfahrens, mit dem Ich Unerhörtes in die Wege leite und vollbringe im gütestrahlenden Allraumen.

Meine Stränge sind der Strenge Meiner Kraft, Kontrolle und Gewissheit unterworfen, dass sie Resultate zeitigen von verblüffender Geschmeidig-keit und seelenvoller Harmonie. Ihnen ist es zu verdanken, dass die Wege all zusammenlaufen, dem entgegen, der sie ausgeführt und der ihren Zweck bestimmt hat wie ihr weltenschaffendes Agieren.

Ich werte ständig auf, was von der Alterung befallen ist und lasse es sich selbst ins Ewige entwinden. Das gebiert in ihm die Überzeugung, dass ihm etwas hilft voran zu kommen und dass das Kommende der Glorie des Allerhöchsten zustrebt ohne Wenn und Aber mit der Sicherheit, mit der die Sterne sich durchs All bewegen.

Du kannst es drehen wie du immer willst, es kann nicht sein, dass du allein agierst mit deinen träumerischen, schäumerischen Glanzideen. Um ins Jenseits aller irdischen Begriffe, Kniffe und Verständnisse zu kommen, braucht es schon noch etwas mehr als dir gewohnt ist zu empfinden.

Meiner Hoheit Takt und Drängen strömt dir ständig zu und macht dich so versiert im Sein und Pläneschmieden, ausgezeichnetes Erfinden und dabei versuchend, dich selber immer besser zu verstehn.

Wie verhält es sich mit deinem Glauben, rufe Ich dir bittend zu und hoffe, dass e noch in Takt geblieben ist, trotz deiner Vielfalt im Parieren, Navigieren und am Rand-des-Abgrunds-übermütig-Weitergehn.

Ich erwarte deine Ansicht von dem Reich des überirdischen Begabens und belehre dich in diesem Sinne intensiv und folgenschwer. Blicke auf und sei und sei dafür von Mir auf's zärtlichste, beseligenste und begeisternste gepriesen.

4.16
Eine Gretchenfrage: Woher kommst du, wo du nicht schon vorher warst als kräftevolles Sein und Wesen. Dein geistig Teil erlebte sich als in Allweiten ausgegossen und zog sich zwecks Geburt in deine

Leiblichkeit zusammen, mütterlich- und väterlicherseits bereitgestellt für's Erdenleben.

Du kommst vom Ewigen und kommst von ihm als Teil von Mir in götterherrlich dargebrachten Zügen. Dein Wesen offenbart das Meine in der Vielfalt Meiner Qualitäten, Aktualitäten und Begriffe geisteswirklicher Natur.

Kennst du den Slogan: Ich Bin du und du Bist Mich, in allem Ernste vorgetragen? Er ist dir von Mir wärmstens anempfohlen, weil er dich damit auf deine wahre Stufe hebt von götterlichter Regsamkeit, Verbindlichkeit, Identität und Synergie.

Gehst du aus, so kannst du nur in Meine Fülle dich bewegen, kehrst du zu dir zurück, so bleibst du stets in Meiner Obhut, Meiner Zugewandtheit, wie in Meinem Dich-Befeuern mit des Lebens gloriosen Kräften und Ideen göttlichen Erfindens.

Du wähnst dich ganz allein und weisst nicht, dass du allem eingeboren bist, was *ist* und was das All belebt und tüchtig macht in seinem Sich-durch-die-Jahrtausende-Bewegen.

Mir mangelt nichts und so sollst du auch dich erhalten und verwalten als ein Abkömmling von Meiner Sorte, Allgemeinheit, Sonderheit, wie von Meinem kosmischen Gebaren.

Dich scheint vieles noch am wahren Fortschritt in das Menschentum zu hindern. Das weiss Ich zu verändern und verbessern durch Mein schöpferkräftiges und analoges Wortspiel, mit welchem Ich Mich selber schon so weit, wie Ich`s nun Bin, gebracht und hochgezüchtet habe.

Dein Mit-Mir-vereint-Sein zeitigt Früchte von gottseliger Natur und hebt dich in den Stand und Status der allgöttlichen Erhabenheit und Liebenswürdigkeit, aus dem du dienend dich dem Weltsein zu Verfügung stellst in wacher Kontinuität und weisheitsvollem Dich-Entscheiden.

Es keimt in dir des Gott-Gewissens auserlesnes Ideal, das macht dich heiter, glücklich und gelassen im gottseligen Vereinen.

4.17

Womit soll Ich dich begaben, wenn nicht mit Meiner Worte grand Parnass und Melodie, herausgeschöpft aus wesenhaften Unergründlichkeiten. Du Bist dabei mit ihnen allertiefst liiert und kannst dich ihrem Zauber keineswegs entziehn. Nun gilt es, ihrem Duktus und Gewicht gemäss behänd zu reagieren und auf's schicklichste von dem zu profitieren, was sie dir voll Güte und Gelassenheit besagen.

So und somit geht ein Wandel mit dir vor, vom unbekümmerten Banausen zum geschliffenen Propheten neuer Zeit und Zukunft, ohne Hader, der sich wahrlich sehen lassen kann im Benefit der auserlesnen Lebenstage.

Weisst du richtig mit der Zeit und ihrer Heilkraft umzugehn, so kannst du sicher sein, dass du Gewinn aus allem ziehst, was dir begegnet und dich zuweilen bis auf's Blut beansprucht in der Art und Weise, wie es dich traktiert.

Was die Seele davon hält ist schwerer auszusagen, als was oberflächlich abläuft in der Wirrnis, Wohlfahrt und Bewusstheit deines Existierens. Was immer du empfindest, hat mit dem zu tun, was auch Ich für dich, wie für die Welt, empfinde in der Schaukraft Meiner götterlichten Züge.

Es kommt nicht alles gut heraus, was du in eigener Regie vom Stapel fahren lässt. Da gilt es Meinerseits mit helfender Gebärde aufzuwarten, um den Dingen ihren letzten Schliff und Mehrwert zu verpassen.

Ich warne dich vor dem Alleingang und überschütte dich mit Fragen nach dem Sinn, wie nach der allgemeinen Wohlfahrt, die du produzierst.

Gang und gäbe ist es für Mich, so geschickt und akkurat, kriesensicher und geläufig zu agieren, dass sich jedermann auf Mich verlassen kann, der seinen Handel, Wandel und Vollzug dem Meinen angleicht und ihn gar mit ihm vereinigt in des Daseins Pomp und Professur.

Nicht umhin komme Ich, dir noch zuzuflüstern, dass du Mich gar nicht zu sehen brauchst, um vollendetes Vertrauen in Mich und für Mich zu kreieren. Das weisst du schon und zweifelst doch daran, doch allgemach gelingt es Mir, dich eines Besseren und Wunderbaren zu belehren. Dann wird dich der Friede durch dein Sein begleiten, die Andacht vor dem Herrn, wie das Glückseligsein im Weltenmeer.

5

Jahrhunderte durchschlafen wirst du noch

5.1

Jahrhunderte durchschlafen wirst du, bis Ich dich mit Meiner Kunst und Gunst erweckt und zu dir selber aufgerichtet habe. Dann bist du endlich das, wozu Ich dich erschaffen, von Mir losgelöst und in die Welt geworfen habe. Du reckst und streckst dich sinngemäss. Was nun mit dir geschieht, musst du dir selber sagen, was du von Mir hältst unwillkürlich auch.

Bin Ich Beförderer von Meinen Werken, Grundideen und Konzepten, bist du`s im Kalkül und sonstigen Prozedere desgleichen, was dich dazu berechtigt, richtig aufzudrehn und dich als Mein Kind und Kindeskind, Meinen Sohn und Meine Tochter zu bezeichnen.

Ich Bin dir die Gewähr für angemessene Betreuung und Instruktion darüber, wie du dich verhalten sollst in deiner Eigenschaft als Abkömmling des Allerhöchsten, wie als Leitmotiv für eine Zukunft ohnegleichen.

Bin Ich dir auf's innigste gewogen, so ist es mehr als recht, dass du es gegenüber Mir auch Bist und Meinen Standpunkt überall auf's kräftigste vertrittst, wo es darauf ankommt, reell, wahrhaftig, impulsiv und radikal zu sein im tüchtigen Regieren.

Stets dränge Ich darauf, an Meinen Glanzideen festzuhalten, weil sie dem Weltsein aller Wesen voll Genüge leisten und es auf dem Stand der Mustergültigkeit, Gerechtigkeit sowie des zarten Umgangs mit den Seinsressourcen halten.

Von Mir selber sind die Wege, die Ich Mir erfunden habe, nie bestritten worden, von deiner Seite aber schon, weil du alles besser wissen willst in deiner Ignoranz, wie deinem schnippischen Gehaben.

Wie du dich verhältst, Bin Ich noch nie gewesen, dafür aber ehrlicher, allmenschlicher und liebenswürdiger in Meinem Auftritt und Gespür.

Bände sprechen Meine wohlgelungnen Aktionen weltweit und besonders auch in jedes Menschenkindes so sensiblem Schoss. Dorthin ist es Mir wie nichts daran gelegen, strahlende Bewusstheit zu verströmen, die sich als ein Keim erweist von weitertragendem Bedeuten, geisteskräftigen Gefilden zu.

Mir ist enorm daran gelegen, deine Kenntnisse im überirdischen Bereich zu mehren und sie dir schmackhaft und begehrenswert von Meiner Seite vorzuführen.

Das bewirkt dann den Zusammenschluss der Geisteskräfte, die da *sind* sowie die glückbescherenden Ereignisse, die damit im Geisteslicht erstehn.

5.2
Markant und zügig aufzutreten ist Mein Metier seit Urgedenken und verlangt genaues definieren dessen, was zu tun ist irgendwo.

Auf Mein Geheiss gelangen unerhörte Kräfte in Bewegung, die es in sich haben, wenn es sein muss, Berge zu versetzen und ganze Täler auszuebnen im Gewirk von Millionen.

Trefflich weiss Ich auf den Punkt zu kommen, der die ganze Welt bewegt und Aufruhr stiftet oder klösterlichen Frieden, je nachdem wie Ich es nötig finde in des Lebens fabelhaften Variationen.

Ich weiss was zu geschehen hat, damit ein angefangener Komplex und Kraftfluss auch vollendet werden kann nach Meiner Grossmanier.

Ich Bin Mir voll bewusst, dass alles, was Ich unternehme, den Charakter der enormen Stärke offenbart, die Ich als Mein köstlich Angebind vertrete.

Willst du dies und das, so will Ich nur das Eine, nämlich, dass die Einheit herrscht in Meinem Stand und allen Stationen, wo gemeisselt wird und ziseliert, geschliffen und lasiert in hunderttausend Variationen.

Um Mich brauchst du dir keine Sorgen zu bereiten, Ich hingegen Bin zumeist in grosser Sorge um dein Reüssieren in der Welt der myriaden Tätigkeiten, Tätlichkeiten und Verquickungen, gedankenschwer.

Das weckt und schreckt die Trägen auf und stimuliert sie dazu, Schritte zur Sanierung ihrer desolaten Markenzeichen und Versuchsbetriebe, Künstlerbuden und Verhältnisse zu unternehmen.

Meine Werke glänzen von Betriebsamkeit und Produktivität und lassen jeden Deuter alsobald vor Neid erblassen, wenn er durch den Widerhall der hellen Hallen zirkuliert.

Ich zapfe ab, wo immer was gekeltert wird und lasse jedermann gustieren, was er aus den Eichenfässern kühlender Gewölbe holt, das mundet wie noch nie.

Deinen Umfang kannst du wohl ermessen, Meinen aber nie, derweil er ins Unendliche mündet, dessen Vorstand und Begriff Ich Bin im sagenhaften Mich-Umrunden.

Das ist die Wahrheit an sich, die Ich allen zu verkünden habe, deren Ohren offen sind und deren Herzen Mir voll Liebe, Inbrunst und Glückseligkeit entgegenschlagen.

5.3

Vernetzt sein kann auch Starre und Verlegenheit bewirken, wenn du zuviel Knoten flichst ins stählernen Gewebe.

Bei Mir hingegen müssen die Verbindungen sensibel, locker und verschiebbar sein, damit ein Optimum entsteht an Kommunikation und freudigem Erwarten.

Ich kann es Mir auch leisten, einzelgängerisch, persönlich und ausschliesslich vorzugehn, wenn es der Umstand fordert und die Mittel dazu haarklein auf dem Tische liegen. Ich bewege Welten durch enormen Anstoss, wenn es um Verbesserungen geht, die allgemeinen Wohlstand, Vielfältigkeit und Wohlbehagen bringen. Meinen Worten folgen fulminante Taten, denen man es ansieht, dass sie nicht von Pappe sind und dass ihr Odem rein ist in der Atmosphäre, die sie um sich verbreiten.

Ich will immer wissen, was in Meinem Reiche vorgeht, damit nichts Ungebürliches geschieht, auch in den Hinterhöfen und verschrobenen Spelunken.

Nicht Ich gewinne, sondern du am meisten von der Situation, in die Ich Meine Bürgen und Vertrauten führe. Das ist keineswegs spektakulär, sondern nur vernünftig und der Sache angemessen, die Ich jederzeit voll Inbrunst, Engagement und Kenntnis seelenvoll vertrete.

Ich wanke nie, selbst wenn noch so deftige, geballte und gewaltige Stürme Mich umtosen. In Meiner Eigenschaft als Moderator muss es Mir gelingen, selbst die höchsten Wellengänge lahmzulegen und die Friedefertigkeit heranzuziehn zum lieblichen Geschaukel Meiner Boote.

Was Ich gerne anerkenne, sind auch deine unnachgiebigen Versuche, prägnant, professionell und seriös zu sein in deiner Eigenschaft als Träger der Kultur sowie als federführende Instanz in Sachen Lebenskunst und -freude in den so begabten Nationen.

Geschwister und Verwandte sind zu nennen, die mit Mir im Bunde stehn und die die lockende Gelegenheit ergriffen haben, in Meinen Diensten findig und gewandt, grossherzig und entschieden vorzugehn.

Das wird auch deine Zukunft sein im gottgewollten Sinn sowie dein Glück im übersinnlichen Gedeihen.

5.4

So wenig und so viel braucht es, um Meinem Sein ganz zu gehören. Mir obliegt es, den gesamten Sternenlauf am Firmament zu regeln und dazu noch etlichen Planeten ihren fabelhaften Fortbestand zu sichern.

Wichtig scheint Mir das Verhältnis zu den Meinen, die in unbestimmten Nöten weder Rast noch Ruhe finden. Rufen sie Mich an, so weise Ich sie jenen zu, deren Mittelchen erprobt sind und das Übel heftig an der Wurzel packen.

In Meiner Weisheit ist auch deine eingeschlossen. Sie kann von Mir erkannt und dir in sinngemässer Weise zugehalten werden. Du wirst den Zufluss wohlgefälliger Gedanken mächtig spüren, der dich über das, was du dir bisher warst, erfolgreich und gewissenhaft erhebt, sodass du glaubst zu träumen.

So väterlich Ich Bin dir gegenüber, so streng kann Ich gewisse Dinge von dir fordern, die zu deinem Grundbesitz und tätigen Erringen werden sollen. Das spornt dich dann zu weiteren heroischen und wunderbaren Taten an, die dich für's erste wieder ein Stück weiterführen.

Ist es dir auch nur ein einzig Mal bewusst geworden, wer du *Bist*, so weisst du für den Rest des Lebens, dass du richtig liegst mit deinen Argumenten und Erwägungen, Multiplikationen sowie auch Abstrichen in deiner gängigen Philosophie.

Du erwiderst Meine noch so leisen Interruptionen deiner Plackereien und freundest dich Mir an zu wunderbar befriedendem Befreien.

Deine Züge sind den Meinen immer meisterlicher angeglichen und werden von den Meisten hoch verehrt, die zu Schulungszwecken und Berichtigungen, Repetitionen und Ermahnungen an dich gelangen.

Ich mache Mir beileibe nie was vor, doch deine Vorsicht spricht Mir Bände ins geneigte Ohr, die Mir alles, was da *ist*, von dir erzählen.

Daraus ergibt sich für Mich die Gelegenheit, recht viel zurück zu buchstabieren, was dir nicht bekömmlich ist, um ganz anderem den Vortritt zu gewähren, das dich neuen, ausgezeichneten Gebieten zuführt, Meiner Übersicht gemäss.

Sinniere doch darüber und entscheide, was du sein willst, hoch und heilig, glücklich und erfinderisch in Mir.

5.5

Wohin immer du dich wendest, wendest du dich zaghaft oder zackig Mir und Meinem Wohlgehalt entgegen. Ich erlaube Mir, dich dahin aufzuklären, dass Ich Mir Mich selbst geworden Bin in einer Andacht ohnegleichen vor dem Allerhöchsten, das Ich unverhohlen, friedestrahlend intus habe. Ist *Es* in dir, so Bist du ein Geweihter überirdischen Begreifens in des So-Seins Kunst und güte-strahlender Abbreviatur.

Alle sind im Innersten zu Mir und damit auch zu dir auf's intensivste hingezogen und trachten danach Nähe zu gewinnen und den entsprechenden Relieve.

Bist du noch ins Wandelbare eingefügt, fällt es dir schwer an etwas Unverwüstliches und Unver-gängliches zu glauben, das von Mir ausgeht und das Ich wieder zu Mir heimwärts hole nach dem Mass des Anspruchs, den Ich an ihm habe.

Ich delegiere alles, was Ich kann, an Meine Helfer, denen Ich wie nichts vertraue und die so lebenstüchtig sind, dass ihnen nichts entgeht, was wieder aufzufrischen und für Meinen überird'schen Haushalt zu gewinnen wäre.

Ich künde dir das Freisein an von den so lästigen Verpflichtungen, die du frivolerweis und leichthin eingegangen bist in deinem multiplexen Streben. Das hat dann zur Folge, dass du als ein Wissender und Abgeklärter dem Vernünftigsein ein Schnippchen schlägst zu Gunsten des erhebenden Gewissens von dem Sein und seiner wunderbar geschniegelten und ausgebügelten Galanterie.

Wer bestimmt, was *ist,* Bin Ich und kann kein anderer bestimmen, wär er auch noch so grandios und wohlgesittet situiert in seinem Sich-Begründen. Somit kannst du nur auf Mich todsicher zählen und dich Mir vertrauen, wie ein eben flügge und viril gewordenes, fragiles Wesen.

Ich melde Mich bei dir und du bei Mir, sowie du meldepflichtig und agil geworden bist im Sinn von höheren Gefilden. Die sind dir dann von Mir geöffnet und zuinnerst zugesichert worden, dass du sie betreten kannst im Jubel deines Seelenseins, wie in der Heiterkeit Elysiens und Himmelblauens um dich her.

5.6

Du findest es heraus, wenn du beharrlich Meinen Namen murmelst und entschieden an Mich denkst in deinem Kontor, Labor, Maisfeld und Kolleg unter tausend mustergültigen Kollegen. Wer wappnet dich, damit dein Wappen von der Stelle nicht verschwindet, wo es sich behauptet hat seit

Generationen? Ich, der Mündige und Künder einer Wahrheit von Bestand und besten Resultaten, in deinem doch recht brüchigen, anrüchigen und zweifelhaften Milieu.

Wer anders denkt, dem wird die Schnauze zugeklebt, damit er nicht das Unheil noch vergrössert, das jedermann verhüten, minimieren und verschwinden lassen will, zu seiner Zeit und seinem klitzekleinen Wohlbefinden.

Ich aber Bin es Mir gewohnt, alles mit soviel Bedacht, vorzüglichem Besinnen und Bewusst-Sein anzurühren, dass die Dinge, die Ich unternehme, wie von selbst im Lot stehn und an der Litfaßsäule hochgepriesen werden.

Wer immer tüchtig ist, kann ohne weiteres von Mir erfahren, wie durch ihn noch Raffinierteres, Durchtriebeneres und Effizienteres geschehen kann, nur muss es haargenau auf Meiner Linie und Lasur, Lichtung und Begleichung liegen.

Wovon du schwärmst, ist schon immer brummend, summend und global in Meinem Schwarm herumgeflogen von erhebenden Gedanken und damit verbund`nem meisterlichem Tun.

Ich greife sogleich zu, wo es was prächtiges und trächtiges zu greifen gibt im gloriosen Seinsgelände, das Ich augenäpfelnd hüte. Mir sind dabei die Hände nicht gebunden, weil Ich sie seit Urgedenken fit gehalten und auf's löblichste trainiert und eingerieben habe.

Wo willst du hin, heb Ich gewiss zu lamentieren an, wenn du vom seinsgerechten Wege abirrst und den deinen nimmst im Orgueil, dem du dich verschworen.

Als Kenner Bin Ich unschlagbar von dem, was in die Weiten wahren Lebens führt im Unergründlichen. Sie sollen auch dir Mass und Ziel sein und auf Dauer ausgelegt, statt nur auf Stunden delinquenten Dich-Verführens.

Erbarm dich deiner selbst und du wirst dich so auch Meiner herzenstief und liebevoll erbarmen.

5.7

In dir selber wohlgeborgen kannst du immer sein, vor allem dann, wenn deine Galanterie zu etwas taugt auf dem Speisezettel deiner Lieben.

Ich will dir nicht verheimlichen, dass auch Meine Güte lediglich dem Zwecke dient, Anhänger sowie Aushänger für die Lehre Meiner Liebe zu finden. Dazu reicht Mein langer Arm von Südwesten bis Nordost und vice versa nur schon auf dem sonnumkreisenden Planeten.

Auf dem Tablett der Weisheit bringe Ich den Frieden dir ins Haus und hoffe sehnlich, dass du akzeptierst und förderst, was Ich durch dich in die Wege leiten will.

Ich konstatiere vieles, was der Reinigung bedarf mit scharfen Mitteln oder sanften Laugen, die das fein Gewobene nicht stören oder gar zerstören können.

Mein Wille geschieht, soweit der deine willig ist Mich anzuhören, andererseits gewährst du finstern Mächten Eintritt in dein Reich und niederträchtiges Rumoren.

Ich kann dir versichern, dass Meine Lebensdinge offen und gefällig vor dir liegen, um von dir auf's tunlichste genutzt und eingestellt zu werden.

Es ist gerade so, dass Meine Rechte sich auf deine übertragen wollen, damit du fähig wirst die Lebenslast auf Meine Art und Weise durch die Zeit zu tragen.

Was immer du erfindest, habe Ich schon längst zuvor in aller Eile patentieren lassen, damit es nicht frivoler Weise annektiert wird von den Haien ungerechten Handelns dort und hier. Gern gebe Ich dir zu bedenken, dass sich das Zusammensein mit Mir in Wort und Taten ganz entschieden lohnt und dir so viel nützliches beschert, dass du nur staunen, danken und lobsingen kannst in deinen Herzens-gründen.

Mir machst du nichts vor, wenn es auch manchmal scheinen mag, du hättest einen Dreh gefunden, der alles übertrifft, was bisher gültig und gediegen war. Diese Dinge sind noch nie von Dauer und gesichertem Gewinn gewesen, denn sie werden rasch kopiert und verwässern so die Sauce, die du nur für dich erkannt und angerichtet glaubtest.

Meiner Meinung nach beginnt es dort am heftigsten zu brodeln, wo *Ich* eingeheizt und nachgestossen habe. Das aber gibt dir warm und lässt dich selig sein bei Mir und dich in Mich verlieben.

5.8
Klagen will Ich keine hören in die Länge und die Breite über Dinge, die die Leute nicht verstehn. Das So-Sein ist für alle eine Wanderung durch viele Leben, deren Aufeinanderfolgen eins das andere

bestimmt in seinem Anbeginn, für die Veränderungen jedoch musst du selber sorgen.

Ich habe dir viel anvertraut für deine Dispositionen und will, dass du sie folgerichtig und gekonnt, gebieterisch und züchtig abarbeitest, um des ganzen Lebens Willen, das Ich Bin in dir.

Kannst du nicht mehr weiter wissen, biete Ich dir Meine seelenvolle Hilfe an, die die Sache meistert und dem Fluss der Dinge Vorschub leistet, schöner und gewissenhafter geht's nicht mehr.

Wer A sagt, muss beständig weiterzählen bis zum Z, das eine Runde abschliesst und zugleich den Neubeginn markiert der nächsten, immer fein zu Mir.

Setze dich nicht hin, bevor der Aufstand, den du angezettelt hast, Erfolge zeitigt auf der ganzen Linie mit Bravour. Nun gilt es das Erreichte zu befestigen und stabil zu halten über Generationen hin. Das verlangt Gehorsam, Disziplin und guten Willen noch und noch, bis alles so gerissen arrangiert ist, wie es auch die allerhöchsten Geister sehen wollen.

Klingt dir das als reichlich anspruchsvoll in beide Ohren, so sollst du wissen, dass in erster Linie Ich am Werken Bin und erst in zweiter du, woraus du schliessen kannst, dass alles wohlgelingen muss, was wir selbander in den Händen halten in des Daseins götterlichter Signatur.

Beginne nicht zu feiern, bevor die Dämmerung beginnt, das Tagwerk zu beschliessen und das Hitzige ins Kühlung Fächelnde sowie das Hächelnde ins Lächelnde Erlöstsein übergeht von den durchlittenen Strapazen. Beschliessen sollst du alles mit dem Dank des Herzens an die überirdischen Gebieter und Gewährer allen Wohls, das dir von Mir beschieden.

Wirkst du bewusst in *Meinem* Sinn und Sagen, arrangiert sich alles wie von selber, derweil Ich das Leiterbündel strickt in gütevollen Händen halte. Damit besteht Gewähr für glänzendes Gewinnen und glückseliges Erfahren paradiesischen Ge-säusels in der Weltnatur.

5.9

Dort Bist du tief im Schlaf, derweil Ich ständig Wache halte an den Toren Meiner selbst, damit kein heillos Seiender sie überfahre und Unheil bringe in Mein Seinsgebiet.

Nun gibt es dieses: Einen Schläfer und ein Wachgewordener, der ihn zu erwecken sucht mit Stürmen und Flattieren, Steine werfen, Rasseln, Schütteln und mit Blitz und Donner überziehn. Da endlich wird gereckt, gegähnt, gebrummt, gezogen und geschoben, bis die Decke fällt und einer steht, als wär er aus dem Grab gehoben.

So windig stehst auch du vor Mir und beginnst allmählich zu begreifen, dass du Bist ein Wesen eigenständiger Struktur und Hoffart, rigorosem Brauchtum und tiefgründigem Genie.

Was willst du denn mit dir beginnen, wenn dein Einfall in das Leben schon so harzig war? Ich streiche dir den Bart und du beginnst zu ahnen, dass dich jemand fördern will, damit du etwas wirst von deiner Blüte bis zu deinen zitterigen Tagen. So sehe Ich die Sache doch noch glimpflich und galant, statt schimpflich und riskant verlaufen.

Traust *du* dir etwas zu, so beginne Ich sogleich, dir zu vertrauen und dich für Dinge einzusetzen, an die vordem auch nicht im Traum zu denken war.

Du reagierst. Nun bin Ich davon überzeugt, dass die Geläufigkeit und die Erfahrung dir zu einem Renommee verhelfen werden von enormer Wucht und Wehrkraft um dich her.

Was von Mir geplant war, ist nun endlich auf den Schild erhoben und akkurat in dir verwirklicht worden, als ein Schaustück erster Ordnung und als eine köstliche Miniatur von dem, was Ich Mir Bin und, mit Verlaub, für ewig bleiben werde.

Allumfassendes agiert mit Fasslichem im selben Zuge und beweist das Unerhörte, dass das Ewige allüberall vorhanden ist und wirkt und stützt, begleitet und erhebt, bis alles seinen Platz und Ruhm erhalten hat im kosmischen Gefüge.

Ich Bin dir niemals gram und grüsse dich von Nah und aus der Ferne mit dem Sinnspruch: Ich Bin *Es* wie du und du Bist *Es* wie Ich und so Ist Beiden wunderbarerweis Genüge und Holdseligkeit getan.

5.10
Du Krone der Schöpfung, Ich lasse dich gelegentlich von Mir grüssen. Meine Absicht ist es, dir aus freien Stücken haargenau zu offenbaren, wer Ich Bin und was Ich alleweil mit dir im Schilde führe.

Einmal muss Ich dir ja klaren Wein kredenzen und dir die Zusammenhänge offenbaren, die uns aneinander binden, sich aber auch als trennend, trübend und beängstigend erweisen können.

Nicht umhin komme Ich, dich mit dem Unendlichen bekannt zu machen, das Ich als Meinen eigentlichen Wohnsitz, Meine Willkür und Mein Kuratorium betrachte, experimentell, exemplarisch und gedankenschwer.

Du sollst dich füglich fragen, was ist sichtbar und was nicht an Meinem In-der-Welt-Erscheinen. Aus guten Gründen nenne Ich dir keine Namen, deren Träger unter Meiner ausgezeichneten Regie gemeinsam hinter allem stehn. Das könnte dich verwirren, weil ihre vielen Fähigkeiten, Funktionen und Verhältnisse sich auf all das beziehen, was im Weltall *ist* und was sie kümmert, aber dich beileibe noch nicht so betreffen soll wie sie.

Hauptsache ist, du fühlst dich so wie Ich mit alledem auf's innigste verbunden, was vom Hier bis zu dem Sterngebild das Weltenall durchströmt in einem Kräftefluss und Fühlreich ohnegleichen.

Das von Mir berührte Sein schenkt dir Gewähr für Fortschritt, fabelhaftes Intonieren deiner Instrumente, wie auch Ruhe, Rast und Seelenfrieden.

Du sollst dir um deine Angelegenheiten keine Kümmernis bereiten, sondern es mit weisem Touch Mir überlassen, weil Ich in allem viel geschickter, weiser und gelehrter Bin als du.

Ich überschütte Mich nicht mit den hunderttausend Fragen, die dich unter sich begraben würden, sondern löse und erlöse sie fein säuberlich die Eine nach der Anderen, womit die Klarheit, Klarsicht und Gerissenheit entsteht mit der Ich universenweit und wortreich operiere.

Mir sind die Hände jederzeit entbunden, damit sie frei heraus hantieren können, um dein Glück und deine Seligkeit sowie dein Ja und Amen liebevoll und kräftig zu begründen.

5.11

Kreative Geister finden immer einen Anlass, um den Lebensdingen einen neuen Ausdruck zu verleihen, der besticht und heiter macht mit seinen figalanten Zügen. Sie reizen aus, was Myriaden gar nicht reizvoll finden und wenden sich zu Lösungen, die anderen nicht tunlich scheinen.

Was dabei stets im Spiele ist: die schaffenden Gemüter laufen nie Gefahr, nichts zu tun zu haben, weil ihnen immer etwas einfällt, was noch gut und unumgänglich nötig wäre.

Bist du da, so kannst du sicher sein, dass Ich sogleich in deine Nähe rücke mit der Absicht, dich mit irgend etwas zu bedienen und verwöhnen aus der Sympathie heraus, die Ich beständig für dich hege.

Mir wird angst und bang, wenn du dich bis zu äusserst an den Rand der Klippe wagst, von der du in den Abgrund stürzen könntest. Da flüstre Ich dir den Gedanken weiser Vorsicht ein, die dich bewahrt vor Unglück und Verderben.

Ich weiss zum Voraus, wann die berühmten Hähne krähen werden und stelle Mich beizeiten an, damit

Ich dir den Platz verehren kann, den du so sehr begehrst.

Ich schlittle neben dir zu Tale, wenn die schneebedeckte Strasse dich zum Rodeln ruft und reiche dir die Hand, wenn schmale Stege deinen Lauf gefährden könnten.

Recht viel von dem, was Ich im Weltensinn zu unternehmen trachte, bringe Ich in dir zum Ausdruck, als gerade das, was du noch tun und pflegen wollstest. Ist das nicht bezaubernd und im Grunde höchst begehrenswert und morgenschön.

Keine Stunde deines Daseins ist der andern gleich, weil Ich sie ständig mit gelassenen Gedanken moduliere und ihnen damit Wert und Wirkung, Notwendigkeit und Nützlichkeit verleihe.

Zierst du dich, so kann Ich deinen Auftritt sogleich mit dem Schwung verzieren, der nötig ist, um dich selbstsicher und gekonnt in ein neues Lebensfeld zu führen. Das macht dich heissbegehrt auf allen Märkten und merkwürdigen Versammlungen, wo viel geredet und noch kaum etwas erreicht und durchgezogen worden ist.

So behüt` Ich dich vor schändlichen Blamagen und verleihe dir das Wissen und die Kraft, um allseits anerkannte Wunderwerke und beglückende Sequenzen vorzutragen.

5.12

Dir was Rechtes vorzustellen und danach zu handeln, ist die schönste der Beschäftigungen, deren du dich widmen kannst in Mir. Sie nähren deine Seele und verleihen ihr den Auftrieb, über dem sie alleweil in Freuden schwimmt, wenn ihr was Ausserordentliches eingefallen.

Was von Meiner Seite her dabei im Spiel ist, kannst du nie genug zu schätzen wissen, denn stets ist es das Tüpfchen auf dem I, das einer wohlgelungnen Sache noch den letzten Schliff und Wohlgehalt verleiht, an dem die Bürger sich dann königlich erlaben.

Wandelst du nach *Meinem* Mass und Ziel, erinnert Mich das an die anspruchsvollen Zeiten, wo Ich selber noch den rechten Dreh und die gekonnte Richtung finden musste, um das zu sein, was Ich nun Bin und woran die Vielen sich ein wunderbares Beispiel statuieren.

Ich verwerte jede noch so niedliche Nuance für Mein Wohl, wie für das Wohl der Welt, für das Ich Mich auf's innigste verpflichtet habe. Daraus erwachsen Dinge, die für alle Zeit gehörigen und wohlgelungnen Fortschritt generieren. Meine eigentliche Zierde ist es, immer dort gebührend einzugreifen, wo Gefahr der Lässigkeit und des Verfalls besteht der guten Sitten hier und anderswo.

Was Ich so zum Sein erwecke und mit Meiner Sorgfalt decke, kann nicht hoch genug geschätzt und stark genug gelobt, geadelt und mit dem verglichen werden, was die feurigsten und besten Geister der Geschichte je vollbracht und aufgetischt, dargelegt, heraufbeschworen und erledigt haben.

Im geschichtlichen Erlass sind Mir zu allen Zeiten nur die besten Noten, Punkte und Gelöbnisse von allen Seiten zugehalten worden. Das hebt das

Ganze auf um eine Stufe von besondrer Augenfälligkeit und Signatur und lässt die Menge rauschen vor Bewunderung und ausserordentlichem Lob.

Nicht umhin komme Ich, noch zu erwähnen, dass alles was Ich je erwogen und gewonnen habe, von urewigem Bestand ist und Mich selber, wie die Meinen, bis ins Mark erschüttern kann in ihrem Weltsein und begeisternden Gehaben.

5.13

Militante Geister pochen auf ihr Sein und Recht, Kriege anzuzetteln und ganze Länder mit verwüstender Gewalt zu überziehn. Es ist Mir sehr daran gelegen, dir ihre Existenz und was dahinter ist, bewusst und fürchterlich zu machen. Doch damit ist es nicht getan. Ich zeige dir den Weg vorbei am Schrecken und gezielt und lautlos himmelan, wo die Verhältnisse geklärt und lauter sind und von jedwelchem Unmut abgezogen.

Zudem zeig Ich dir den Wohlstand blühender Plantagen, langgezogner Blumenborde und Terrassen, die von Ziergewächsen prangen und den Augen eine farbenfrohe Weide sind. Viel Musik und feine Dichtung sind vorhanden, worin du dich erholen kannst, bevor du dich der Stille hingibst, wie dem Schauen überirdischer Holdseligkeiten.

Kampf und Sieg: Zwei flammende Begriffe, die sich fast auf jede Lebensphase und Veränderung beziehen lassen. Bezeichnend aber ist es doch, dass es das menschliche Gemüt viel lieber sackgemütlich hätte auf der unumgänglichen und zumeist unbewussten Lebenstour.

Ich pflichte vielem bei, was du so unternimmst, um dich schadlos und charmant, munter und ergiebig zu verhalten. Dennoch ist das wenig im Vergleich mit dem, was Ich aus Meiner Göttersicht an deiner Stelle und Befindnis täte.

Du magst es drehen, wie du willst, ohne Mich und Meinen kreativen Ratschlag kannst du nimmer sein und zu gereiften Resultaten kommen.

Womit Ich dich bedenke sind: Vertrauen in die höheren Gewalten, Lebensliebe und Entzücken an der sprossenden Natur, in deren Schoss du, gleich dem Kind, dich wiegen solltest, immerzu.

Ich schenke dauernd ein und du verschüttest noch zu viel von dem, was Ich dir zur Erlabung und Gewinnung neuer Einsicht reiche. Was dir mangelt, gleiche Ich dann gütig aus, damit die Lebensdinge alleweil im Gleichgewicht, wie in der Schwingung, leben, die Mir kulant entgegenstrebt im Wunderbarem.

Eine Motette singen braucht viel Feingefühl, doch dem Leben ganz gerecht zu werden noch viel mehr. Gerade das jedoch will Ich dir wünschen mit dem Wort: Ich habe es getan und will es bis in alle Ewigkeit verbreiten in der Welt und Überwelt, die Ich in Meinem Kontext und Verfahren auf gelindem Trab, wie in beglückendem Erreichnis halte.

5.14
Hast du je versagt, so sag es Mir beim nächsten, irren Mal und Ich will dir füglich aus der Patsche helfen in des Herzens kümmerlicher Qual.

Logik ist, was Ich dir in Bezug auf deine Haltung gegenüber Mir und Meinen Helfern auferlege. Ich würdige, was du in dieser Hinsicht schon vollbracht hast und sporn dich spornstreichs dazu an, noch viel Bedeutenderes und Gediegeneres zu leisten.

In gewissem Sinne sind Mir Fahnenflüchtige willkommen, weil Ich diese mit Geduld und Güte, Wohlverstand und Geistesenergie auf Meine Bahnen lenken kann im Andersartigen.

Getrieben ist nicht aufgerieben, stelle Ich Mir vor und lasse Meine Schützlinge in viele Messer laufen, bis sie eingesehen haben, dass es so nicht weitergehen kann. Dann drängeln sie sich Mir entgegen und Ich nehme sie gern auf in Meiner Kinder weitgedehnte Schar.

Mein Sinnen und Beginnen geht dahin, jede und jeden in die Räume Meiner Seinsbarmherzigkeit zu führen, wo sie sich vom Lebensstress erholen können und wo sich ihre Züge glätten, ob dem sagenhaften Wohlgefühl, das sie von Mir durch-strömt.

Einig und auf's innigste mit Mir verwandt sind sie geworden, ausgegossen in die Pracht der Sternen-weiten und erlöst von jeder Engnis und beengenden Gefahr. Ich halte sie wohlauf in Meinen Wesens-gründen und lasse sie den ganzen Kosmos neu und seligmachend, grandios und herzenstief in sich erleben.

Ohne Wenn und Aber streift Mein Flügel ihres Wesens absolute Rarität und somit auch die deine, die Mir hoch und heilig ist im Abergründlichen, das Ich mit Meinem Sein belebe.

Es gibt nur einen Ort im Universum der allherrlichen Bezüge und der Bin Ich, als Hort der Vielen, wie als Zuflucht und Relieve für jeden einzelnen in seines Seins allgöttlicher Regie. Göttlich sind die Menschlichen geworden, wo das Sein sich seiner selbst bewusst ist in glückseligmachender und lichterstrahlender Manier.

5.15

Was hievt dein Seelensein zu Mir empor? Die Deutung dessen, was *Ich* dir von Fall zu Fall besage. Meine Lehren haben es in sich, prägnant zu sein und das Herz zum Himmel zu erheben.

Willst du näheres von Mir erfahren, lade Ich dich dazu ein, dich in den Morgenwind zu stellen, um in seiner frischen Stille die Gedankenfülle zu erlauschen, die Ich dir von Herz zu Herz beschere.

Zwickt dich etwas, füge Ich den Zwack hinzu, damit der Zweck erreicht wird, den Ich akkurat mit dir im Schilde führe. Spürst du innig, was Ich schlussends für dich bedeute, kann es mit dir endlich und unendlich vorwärts gehn. Ich trage dir von Meinem Geistesbrunnen Weisheit zu, damit es dich gelüstet, mehr vom Leben zu erfahren, als es dir bisher begrifflich war.

Was immer du zusammenklotzest, muss von Meiner Seite her befestigt und gesichert werden, damit es nicht beim nächsten besten Freistoss auseinanderfällt zu einem jämmerlichen Haufen.

Ich strebe nichts als deine Hilfe an beim grandiosen Weltenwerk, das Ich seit Ungezählt betreibe. Du glaubst, das könne nur ganz wenig sein, Ich aber gebe dir zu wissen, dass es reichlich viel ist in des Seins allherrlichem Bedeuten.

Nun kommt es wirklich darauf an, dass du aus jedem Meiner Worte Weistum schöpfst und Wissen höherer Potenz, das dir das Übersinnliche erschliesst und es zu einem Garten macht von paradiesischem Entzücken und Beglücken.

Melchior und Balthasar waren in derselben Lage und als Caspar noch hinzu kam, wurden sie dem Herrn so kostbar, dass er sie zur Welt entsandte, höherer, ja allerhöchster Glorie und Beschauung wegen.

Trittst du in den Kontext dieser Meditationen ein, so figurierst du bald als Weise- Wissender auf Meinen Fichen und darfst dich rühmen, des Allmächtigen Subjekt und Fahnenträger, Bügelhalter und Gestüt zu sein auf dem er durch das Universum reitet, dir und allen Wesen seiner Zunft und Glorie galant entgegen.

5.16
Bitte lerne dort zu sparen, wo es Sinn macht und verschwenderisch zu sein, wo die Augen, statt am Golde, am bedürftigen Herzblut hangen.

Ich zahle dir bis auf den letzten Heller alles das zurück, was du in guten Treuen an Bedürftige und Mittellose ausgegeben. Deine Siege des Dich- Überwindens sind bei Mir mit Silberlettern ins Register des vernünftigen Handelns eingetragen.

Steigst du auf, so falle Ich mit der berühmten Bitte vor dir nieder, du mögest mässig sein im Fordern und übermässig in der Nachsicht bei den ungewollten Fehlern.

Wie eh und je soll doch für alle Wesen die Hoffnung auf Gesundung und Beachtung, liebenswürdige Behandlung und Bewunderung bestehn. Das ist dann die rechte und gerechte Haltung, der auch du dich stets befleissen und bedienen sollst, um mehr als bisher zu erreichen im Gebiet der tätigen Vollendung deines Tuns.

Ich lasse dich nicht wanken, wenn es darum geht auf deinem Standpunkt zu beharren, insofern er mit dem Meinen übereinstimmt, hoch erhaben.

Willst du brillieren, tu es durch die Brille der Vernunft und mit der Absicht, Mir in dir ein Kränzlein der Ergebenheit zu winden in des Schicksals lässig- oder lästigem Kommen und Vergehn.

Beeile dich, das Weltensein in Kategorien einzuteilen von gemässigt bis brutal, verschroben und final. Das liefert dann ein vielverzweigtes und verzweifeltes Ambulatorium, in dem sich Leben, Werken, Wirken, Heilen und hellsichtig Werden lässt für's Ewige in dir.

Konstanz ist angesagt, wo Pfiffiges und Griffiges entstehen soll im Wandel der Gezeiten und Gelegenheiten, gottgesegnete Redouten herzu- stellen, tatkräftig und entschieden.

Ohne Wenn und Aber soll im grossen Ganzen wie im zierlich Aufgezogenen Mein Wille Vorrang halten, damit Gerissenes entsteht und Unvergängliches in wunderbaren Wirkungen und Explikationen.

Ich Bin das Heil der Welt und somit auch das deine, dem alle Herzensgüte zuzuschreiben ist und ausgezeichnete Befriedung und Beglückung, Natürlichkeit und Seelenseligkeit im Wunderbaren.

5.17
Die Geschichte lehrt dich, Grenzen aufzugleisen, wo es nötig scheint, dem Volk zu zeigen, wo es lang geht und wo ihm tückische Gefahren in die Quere kommen.

Dass ihm dabei das Grenzenlose glatt verloren geht, will es nicht merken und so entzieht es sich gerade dem, was ihm besonders heilsam, dienlich, adäquat und nützlich wäre.

Ich weiss, wovon Ich rede, weil Ich das Unendliche in aller Form und Wahrheit Bin und weil Ich es aus diesem Grunde müssig finde, Mich zu fragen wer Ich sei. Du hingegen kannst dich dieser Frage nicht entziehn, weil dir deren Lösung erst den Grund und Boden schenkt, auf dem du dich erbauen kannst für alles künftige Gedeihen.

Höchst lobesam ist es dabei, wenn du zuerst einmal der Überzeugung frönst, dass es Mich geben muss, nach alledem, was sich als das Lebendige entpuppt und kommt und geht und sich keinen Deut darum zu kümmern braucht, auch deine Meinung zu erfahren.

Gerade das jedoch ist recht fatal, derweil Ich noch so gern viel inniger mit dir verbunden wäre, als Ich es jetzt schon Bin in Meinem Dich-Durchströmen mit dem Lobgesang des Lebens.

Damit stehe Ich im Team beständig vor und hinter, in und ausser dir und Bin um alles das besorgt, was du benötigst, um ein freies, feines und gewissenhaftes Leben vor dir aufzuführen.

Weil Ich dich selber Bin, Bin Ich beständig darauf angewiesen, dass du Mich verstehst und deine Wege mit den Meinen in glückseligmachende und kluge Übereinkunft bringst von Tag zu Tag, von Inkarnation zu weiteren, unabsehbaren Inkarnationen.

Ich erhoffe nur das Eine, dass du baldigst einsiehst, wie die Lebensdinge wirklich liegen und dass du dich mit allem Ernst und Gleichmass, Zuspruch und Genie an dem ergötzest, was du Bist, indem Ich in dir Bin mit allen Meinen überragenden, beseligenden und unendlich wirkungsvollen Qualitäten. Wache auf und sei, will Ich dir damit liebevoll besagen.

5.18

Deine Geschichte sollst du haben, die von der Wehmut, wie von den Freuden der Lebenstage erzählt. In ihr erscheint das Wie und Wo der Ereignisse, die dich so betroffen, aufgerichtet und verherrlicht haben. Hast du den Anfang voll begriffen, wird dir auch das glitzernde Finale als ein logischer Prozess aus vielen Details und Verschachtelungen, Lösungen und Befriedungen erscheinen. Ich spreche aus Erfahrung, weil Ich alles, was da vorkommt schon zum x-ten Mal erfahren, reguliert und ausgekostet habe. Mit dem Flunkern ist es aus, weil es jeder, der das liest, vorgetragen sehen will, mit allen Details, ihren Tücken, freien Stücken und Verästelungen bis zum Gehtnichtmehr.

Ich komme nicht umhin, dir Bericht und Antrag zu erstellen von dem Bleibenden, in dessen Obhut das Vergängliche sich abspielt und will dabei versuchen, Mich nicht in Halbwahrheiten zu verhaspeln, die die präzisen Schilderungen in einem schiefen Licht erscheinen lassen könnten.

Meine Position muss jederzeit genau erkennbar sein, damit nicht Kraut und Rüben miteinand verwechselt und verunglimpft werden. Das geschieht durch schmucke Täfelchen, auf denen Name, Funktion und Stellung dargeboten sind zur Ehrfurcht vor, oder zum Belächeln des genannten Subjekts im vielbevölkerten Saale.

Schwimmst du in deinem Gold, so kann es dir nicht schaden, für einmal, wie für immer, auch in Meinem Licht zu schwimmen, das das All in seiner Pracht durchfährt und das Unendliche verkündet, deiner Heimstatt zu.

5.19

Maximilian der Maler fürchtete wie nichts das Kontraproduktive, das seine Farben ihres Glanzes und damit ihres Wert's berauben würde, rigoros. So einer ist nicht zu beneiden, wird ihm doch unweigerlich genommen, was sein Brauchtum, seine Stärke und sein stolzes Opus war.

Erginge es dir ebenso, du würdest wohl verzweifelt resignieren und die Schwingen hängen lassen, die dir vordem einen Flug voll Zuversicht und Kühnheit, Fabelhaftigkeit und Herzensglück bescherten.

Da mische Ich Mich ein, indem Ich seine Karten neu und anders mischle, damit sein Lebensspiel in

Glanz und Glorie verlaufe ohne jeden Einbruch vor dem Ziel.

Was immer Ich erlaube, bleibt belaubt, bis weit im Herbst die Blätter in den allerschönsten Farben glühn. Ihre Pracht verleiht der Seele jene Stärke, die sie nötig hat, um stets mit Zuversicht und wacher Impulsivität voranzuschreiten auf dem Lebenspfad heran, hinauf und ganz zu Mir, dem alle Macht und jeder Tag und jede kummervolle Nacht gehört im Andersartigen.

Kannst du Mir folgen, folgst du so etwas wie einem flitzenden Kometen, der den Himmel für Sekunden ziert in seinem lichterlohen Rasen.

Ich denke dein, wo immer du dich trostlos findest und erfinde eine Gabe an dein Herz, die es dazu ermuntert, sich selber treu zu bleiben und auf des Lebens Gängigkeit, Vollständigkeit und Würde zu bestehn.

Du magst es glauben oder nicht, Ich komme, wenn du gehst und kontere noch jedes Übel, das dich beugen will vor dem, was *Ich* dir felsenfest und farbenfroh verheissen habe. Das führt dich dann in Meiner Hintergründe Brausen und verführt dich dazu, mitzuziehn im Zuge der Gerechten ihrer Zeit, die stets die Meine ist trotz allen Aberrationen.

Ich werte auf, was seinen Unwert zu beteuern sucht und finde noch in jedem Detail etwas, was das Ganze ziert und damit auf der Liste Meiner Köstlichkeiten figuriert.

Die Geschichte ist noch lange nicht zu Ende, aber sicher ist, sie wird sich einst in Mir und Meinen

Weggenossen, dir und deinem Sein in Herrlichkeit, Glückseligkeit und ewiger Heiterkeit vollenden.

5.20

In Bezug auf schöne Künste und Gestaltung Bin Ich ein Genie und lasse Mir von niemand in die Karten schauen. Was Mir hingegen liegt ist aufzudecken, was Ich an Mir habe, um darzustellen, wie es sich am effizientesten, glaubwürdigsten und krisensichersten verwenden lässt in Haus und Hof, in Gutsbetrieb und Garten.

Ich stütze Mich dabei auf den Verstand, wie das Verständnis von Mir selbst, das Ich Mir mit seiner Hilfe regelrecht erworben habe. Damit aber kann Ich mit dem besten Willen noch zu keinem freundlichen und friedevollen Ende kommen.

Es ist unbedingt ein neues, allgemeines Seinsverständnis und bewusstes Sein vonnöten, das an Qualität und Flexibilität, Ursprünglichkeit und Allverbundenheit nichts mehr zu wünschen übrig lässt in einer absolut gedeihlichen Struktur.

Und eben diese habe Ich in Mir und Meiner geistgefütterten Substanz gefunden, Mir und aller Welt zum Wohl und unermesslichen Gedeihen.

Ich stelle Mir das vor und stelle es mit aller Deutlichkeit und wunderbaren Deutung vor dich hin, als die Idee der Geistkultur, die alle durch Erkenntnis dessen, was sie *sind*, gewiss zu pflegen haben.

Der Verstand führt vehement ins Irdische und bleibt dort recht fataler Weise an sich selber haften. Das Ultimate, Weisheitsvolle, Geistgewisse, Allversöhnende und Gnadenvolle lässt er liegen, derweil es alleweil aus Mir hervorgeht mit unendlichem Bedacht.

Siehst du das ein, so wendet sich dein geistig Teil entschieden und devot Mir zu, der Ich darauf voll Verve und wissendem Elan gebührend in dir Einzug halte. Daraus wird dann ein Fest der Wohlgesonnenheit am Sein und Leben, das durchströmt ist von der Einsicht, dass Bewusst-Sein das Erstrebenswerteste und Nützlichste von allem Ist, was die Menschen heutzutags und künftig immer brauchen.

„Ich weiss und halte Mich daran", soll künftig jeder zu sich sagen. Mein Credo lautet: Geist vom Geiste will Ich sein und will Mich demzufolge überglücklich und bewusst, vertraulich und beseligt mit dem Sternenall vergleichen.

6

Was im Erkennen hochkommt

6.1

Mit Gedanken-Sammeln hat das nichts zu tun, was im Erkennen hochkommt auf des Fortschritts blütenreiner Spur. Du weisst, um was sich etwas handelt, ohne es im Almanach gesucht und freudigen Gemüts entdeckt zu haben. Ich garantiere dir, das ist die künftige und zünftig angewandte Weise, um über dich und deinen Seinsgrund wesentlicheres zu erfahren, als es bisher möglich war. Du weisst dann, dass du Bist und dass dein Sein sich ausdehnt über alle Massen.

Wie kannst du da noch schweigen, wenn es dich in allen Gliedern juckt, von deinem neuen Seinsempfinden nur das Allerbeste zu erzählen. Ausgerechnet dich hab Ich dazu berufen, einer Sonnenleuchte gleich an Meinem Liebeshimmel und urewigen Salut zu stehn, um aller Welt ihr wahres Dessin und Verhältnis zu Mir zu erklären. Das geht nun vor in allen deinen Taten, Redewendungen und ausgeklügelten Kalkülen, denen man es sogleich ansieht, dass sie nicht von hier, sondern von enormen Geisteshöhen stammen.

Kaum zu glauben ist, wie elegant und eloquent, kursiv und krisensicher sich auf einmal alles wunderschön zusammenfügt, was Ich für dich und alle Welt zu singen und zu sagen habe. Das ist im Grunde gar nicht viel und dennoch übertrifft es alles, was du dir des Langen und des Breiten zugelegt und als unumstösslich propagiert und hochgejubelt hast. Das verrät die meisterlichen Art, mit der du allen Lebensdingen einen schönen Namen und ein liebenswertes Etikett verehrst.

Was bei Mir gilt, soll künftig auch bei dir und deinem Standard gelten. Es soll die Leitschnur sein, an der du dich in Höhen hangelst, die noch vielen Schwindel, Scheu und allzu grosse Offenheit bedeuten.

Dir aber ist nun alles recht plausibel, gängig, genial, wünschbar und salut geworden auf dem Werdegang durch Meine Schluchten zu beseligenden Höhn.

Wiederholt hab Ich betont, dass Evolution nimmermüden Fortgang, Freipass und Gelegenheit bedeutet, götterlicht zu sein und alles Seinsgerechte frohgemut und tapfer, gutmütig und galant an sich zu tragen. Sichere dir diesen Platz, für alles Weitere will Ich dir seinsbewusst und vollumfänglich sorgen.

6.2

Von Meinem Angelpunkt ist noch ins Feld zu führen, dass in eben dieser, gloriosen Weltenzeit sich viel mehr gottbegnadete Talente inkarnieren, als es bisher denn geschah. Das weist auf Meine Absicht hin, dem Menschenvolk zu zeigen, welche unerhörten geistigen Ressourcen noch in Meinem Schoss der Offenbarung und Betätigung harren.

Es kann für dich nicht ohne sein, dass du dir allen Ernstes überlegst, auf welche Weise solche wunderbaren Phänomene denn zustande kommen, überirdischen Gehalts und mustergültigem Brillierens.

Das Ist Mein Werk und Wirken und lässt keinen los, der sich einmal in den Sog und Wirbel Meiner mondialen Gegenwart begeben.

Scheint dir das plausibel, brauchst du nur den rotgefärbten Faden, der zu Mir führt, weiter zu verfolgen und du wirst damit bestimmt zu Meinem, allem Leben immanenten, Ziel gelangen.

Da gehört es sich für dich und alle Himmelspatrioten, einer Agentur gleich, kräftige, nachhaltige und liebenswürdige Reklame zu verbreiten über das, was dir im Innersten geschah und dich zutiefst veränderte, Meinem Weltenwesen resolut entgegen.

Sprichst du dann, versprichst du allen, die dich hören wollen, eine Auffahrt sonderlicher Güte in die Geisteshöhn, die Ich mit grösster Selbstverständlichkeit und Liebenswürdigkeit verwalte und lebendig halte in den Universenweiten. Dort zeigt sich dir ein Inventarium von auserlesenem Geschmack, wie von einer Herzensgüte, die von niemand überboten werden kann.

Ich Bin, du Bist in dieser universenweiten Auffahrt und Beseligung in Eins mit Mir begriffen und begreifst nun endlich, was es heisst, ein Kind der Liebe wie der Gottgeselligkeit zu sein mit allen Attributen, die ihm damit regelrecht zu eigen.

Du benimmst dich fürderhin wie einer, der erkannt hat wie die Lebensdinge wirklich liegen und welche Chance der ergreift, der sich innig mit Mir einlässt in bewundernswertem und beseligendem, sakrosanktem und brisantem, makellosem und verehrenswertem Seinserleben.

6.3
Bist du auf dem Sprung, so springe Ich mit dir gekonnt hinan, um auserlesenes zu wimmen und

um die Stimmung hochzuhalten, die dich dabei beseelt.

Wo geklebt, gekleistert und gelebt wird, Bin Ich sicherlich dabei und helfe, aufgestaute Schwierigkeiten elegant und figalant zu überwinden.

Überhaupt Bin Ich im Allgemeinen dazu da, in innigen Kontakten das herauszufinden, was dir Not tut, um ein veritabler Mensch und Seinsminister, Lückenbüsser und Verwalter Meines Sachbereichs zu werden.

Trittst du an Mich heran, so übergebe Ich dir alsogleich den Auftrag, Mich gebührend in der eignen Sache zu vertreten und um der Welt damit die Dinge vorzutragen, die Ich unbedingt verwirklichen und tätig sehen will.

Mein Mandat ist immer klar umrissen und bestimmt, was ohne Zeitverzug und Trödelei vollbracht und aufgeworfen werden muss, um Grandioses zu vollbringen. Damit wird der Welt geoffenbart, welchen Hintergründen deine Emsigkeit entspringt und was sie alles noch von dir wie Mir erwarten kann.

Ich pflege zentnerschweres aufzuwiegen mit dem Federleichten, das Ich Bin und das in seiner Eigenschaft und Sensibilität, Berufung und Entschiedenheit gerade das bewirkt, was nötig ist, um etwas ewig Gültiges und Makelloses zu vollbringen.

Stellst du etwas vor, so stelle Ich Mich hinter deine Absicht, etwas Weltbewegendes und noch nie Dagewesenes ans Licht der Zeit zu bringen, die du wunderbarerweis belebst und die von Mir befruchtet wird in mustergültigen und immanenten Zügen.

Geht es um dein Heil, so handelt es sich zugleich um das Heil der Welt, in der die Menschenvölker jetzt und künftig leben. Bekömmlich soll es sein, was aufgetischt und ausgekostet wird von denen, die sich Meiner Ansicht willig, weise und geduldig fügen. Nicht wie Schafe, aber mit der Einsicht, dass es besser ist, dem Gott zu folgen als dem Gaukler und dem Numinosen Ehrfurcht zu erweisen, die den Potentanten nicht gebührt.

Kannst du konzertieren, spiele Mir ein Liedchen vor, das Mir wohlgefällt und das auch dich in eine Stimmung setzt von wunderbarer Sinnkraft, Seligkeit und Harmonie.

6.4
Willst du reüssieren, so setze dich mit Mir in Eintracht und Gewissenhaftigkeit zusammen, um eines Planes Willen, der uns beiden Wohlfahrt und Gediegenheit beschert. Ich komme nicht umhin, dich dazu aufzufordern, deine Lebensweise Meiner Weisheit, Weitsicht, Toleranz und Rücksicht anzupassen, die die Völker sich verstehen lehrt in wunderbarem Selbstgenügen.

Ich trete in die Runde der versammelten Gemeinde und befruchte ihren Tiefsinn mit Gedanken von Versöhnung und Verständnis ihrer Sorgen.

Nicht umsonst war es schon immer Meine Meinung, dass der Grundsatz allen Handelns der sein soll, sich von Mir beraten und befehligen zu lassen überall im Leben zum Gedeihen allgemeinen Wohls. Das zeitigt Herzensweite und Genügsamkeit an dem, was möglich und bekömmlich ist vor allem in den mittlern Schichten, die vorzugsweis den menschlichen Betrieb repräsentieren.

Ich kenne Mich hier aus und kann ganz nach Belieben Einfluss nehmen bis tief hinab zum Einzelnen im wohnlichen Bereich.

Ich zeige dir die Grenzen auf, die dich von Mir noch ständig, still und wohlgemut umhegen. Das schafft für dich und deinen Wandel die Bedingungen, die für dich optimal sind zum Erbringen der von Meiner Seinskultur verlangten Leistungen. Du bist erstaunt, wenn Ich dabei an erste Stelle das Verständnis für die Umwelt setze, die dir hilft, dich selbst zu sein und deinen Eigenheiten regelrecht zu frönen. Dies Verhalten kittet dich zudem mit Mir und Meinem Geist-Erguss zusammen, der sich vom Unendlichen mit aller Sorgfalt und Vertraulichkeit zu dir bewegt.

Mein Ding ist es dabei, die Dinge mit geziemender Geduld und Sorgfalt anzufassen, damit sie unter Meiner schützenden Regie frisch fröhlich und gesund gedeihen können. Dabei kommen Meine Werte und Erfahrungen besonders glorios ins Spiel und lassen deine endlich auf's erfreulichste florieren.

Du Bist in Meinem Kontext inbegriffen und darfst dich dennoch frei und ungeniert in ihm bewegen, um des Erreichens deiner Ziele Willen, die du bald einmal als Meine kennen lernen wirst.

Was immer du erstrebst, ist Mein Bestreben und was dich selig macht, ist Meiner Seligkeit Gewähr im Kosmischen, wie im Kosmetischen, im Gottgewollten, wie im liebevoll gepflegten menschlichen Gefüge.

6.5

Das ganz Besondere an Meinem Auftritt ist das sachgerechte und gediegene Verhalten allem Leben gegenüber, das Ich Mir erschuf.

Was hast du heute komponiert, begehre Ich zu wissen und wieviel davon willst du als wirklich gut gelungen und gesetzt bezeichnen? Nicht gerade viel, dafür aber recht von Herzen und vorab für jene, die das Inspirierte, Gottgesegnete und Ausdrucksstarke voll zu schätzen wissen.

Mein gottseliges Mandat ist es, den Musikern im Aufwall wundervoller Melodien inspirierend beizustehn und sie damit zu Künstlern ersten Ranges und Beachtetseins heranzuziehn.

Ellenlang ist das Verzeichnis Meiner lernbegierigen Eleven, die Meiner Absicht bald einmal zur glänzenden Verfügung stehn.

Wer sich kasteien will vor Meinen aufmerksamen Augen, der soll es munter tun, doch ist Mir mehr damit gedient, dass einer seine Pflicht mit lächelnder Genügsamkeit erfüllt, ganz ohne jedes Rasen.

Bist du langsam, setze Ich dir dauernd zu, bis dein Ambiente nur so staunt über die Verwandlung deines gotteswilligen Wesens.

Die Potenz, mit der du neulich aufzutreten dir gestattest, kann nicht von schlechten Eltern kommen, weil es die Meine ist mit allem Drum und Dran.

6.6

Meine Knobeleien helfen dir den Weg hinaus zu finden aus verzwickten Situationen, damit du wieder heilen Fusses weiterschreiten kannst, dem Unendlichen entgegen.

Alles, was du unternimmst, enthält auch eine Prise unergründlicher Substanz, deren Herkunft und Beschaffenheit von dir taxiert und seinsgerecht beschrieben werden muss.

So und somit ist das Leben so etwas wie ein beständiges, inständiges und resolutes Fragen nach dem Sinn und nach den Folgen deines Tuns und Treibens, akkurat in ihm.

Zwar bist du frei, doch hüte dich davor, zu sehr in eine festgelegte Richtung auszuschlagen, damit die vielersehnte Mitte und Manierlichkeit dir nicht verloren gehn im Trend zum Jubilieren und bis ans Limit vorzupreschen.

Wie kann Ich da noch schweigen, wenn Mir die feinen Fäden zu zerreissen droh`n, mit denen Ich beständig und gewissenhaft bestrebt Bin, alles wunderbarerweis zu regulieren und ihm mit Meiner unermesslichen Erfahrenheit das beizubringen, was Erfolg und Güte generiert in allen noch so delikaten Lebenssituationen.

Es könnte Mir ja recht egal sein, was da universenweit auf Meinen Anschub hin geschieht. Da Ich aber selbst dabei im Spiele Bin, muss Ich es laufend an der eignen Haut erfahren. Somit muss es Mir daran gelegen sein, quasi im Vorübergehn, soviel wie möglich Überragendes und Gott- gefälliges, Erbauliches und Beseligendes zu wirken, dem nichts anhängt, was man als töricht oder trügerisch bezeichnen kann.

Damit kommt Mir die geheimnisvolle Geistwelt wunderbar zupass, in der Ich Mich schon immer wohlgefühlt und heimisch, eingenommen und mit Seligkeit erfüllt empfunden habe.

Bist auch du auf dieser Linie unterwegs, kann Ich dir nur fortgesetzte Wohlfahrt wünschen, wie sie allen Strebenden und Sich-in-Mir-Erlebenden auf's trefflichste, wahrhaftigste und innigste gebührt.

6.7

Wen hol' Ich heim, wenn nicht die hilfsbereiten Seelen, die sich für das Wohl der Welt stets zur Verfügung halten. Ihnen winde Ich das Kränzlein, das sie ehrt und öffentlich bestätigt, was sie so edelmütig, lieb und hilfreich tun.

Von vielem, was du weisst, sollst du nicht willig sein, Gebrauch zu machen, weil es eher unbeholfen, zwielichtig oder selbstgefällig auftritt mit seinen zwitterhaften Angeboten.

Ich Bin der Einzigartige, der sich in allem bestens auskennt, was da müssig vegetiert, oder sich mit eleganten Schwüngen und Vernetzungen am Weltensein beteiligt, um sich her.

Widerstände weiss Ich schon im Ansatz aufzulösen, derweil Ich Mir verbitte, ihnen auch nur die geringste Chance auf Erfolg und Fortschritt zu gewähren. Mein erklärtes Metier ist es, überall begütigend und zielgerichtet einzugreifen, wo sich Zweifel oder Zwistigkeiten eingeschlichen haben. Damit bringe Ich das Weltenleben auf den Punkt der guten Hoffnung für entscheidendes Gelingen und beglückendes Gedeihen.

Willst du es entschieden und gekonnt, komm doch schleunigst und bewusst zu Mir, wo du auf eine Fülle von Erfahrungen und figalanten Wendungen, Betriebsamkeiten und Erfolge triffst, die dich und alle Welt spontan und tüchtig zu begeistern wissen. Ich setze immer dort den Hebel an, wo sich auch wirklich etwas auf Mich zu bewegen lässt in der Unendlichkeit der Destinationen. Das entschlüsselt manches Rätsel und hilft manchem seelenvollen, aber zögernden, Gemüt, sich wieder auszurichten und in Gang zu setzen auf ein wohlerwognes Ziel.

Wie immer Bin Ich davon überzeugt, dass sich das Verbindende, Beglückende und Menschen-freundliche am Ende allgemein verbreiten wird, um das im Weltensein zu etablieren, was sinnvoll und gefällig, bodenständig sowie zukunftsträchtig ist in allem Weltlichen wie göttlichen Bemühn. Es will die Ordnung an sich überall und unverblümt zur Geltung kommen, so wie *Ich* sie weise, wissend vorgesehen habe.

Das Eilige wird zur Geruhsamkeit und das Scheinheilige zur Wahrheit an sich in den Niederungen, wie in den von Mir durchströmten Geisteshöhn.

Wirkst du in demselben Sinne, bist du *Meines* Wirkens strahlende Figur und darfst dich in ihr seinsbewusst bis ins Unendliche erheben.

6.8

Alleweil sind ein paar Infos von Mir unterwegs, um dir sowohl die Flausen wie die Langeweile gründlich zu vertreiben. Ich halte dich für fähig, was auch immer Ich bei dir in Auftrag gebe, auf's Beste zu erfüllen, um ihm den Touch der grossen Welt und Wirkung zu verleihen.

Ist dir nicht ganz wohl in deiner Haut, könntest du dich ungeniert dazu bequemen, Mich um guten Rat und Hilfe anzugehn. Das zeitigt dann Verbindung in der Not und auserlesenes Verständnis der prekären Situation.

Willst du sogleich handeln, handle durch den Anruf Meiner Intervention, die immer auf dem Sprung ist, tätig einzugreifen und zu heilen was verwundet und versehrt war.

Mein Resümee umfasst in prallen Wälzern, die da *sind,* das Staatliche wie das Private, das sich je ereignet hat im Allgeschehn. Zu Meiner Linken türmen sich die Folianten mit bedauerlichem Inhalt, zur Rechten aber wachsen die erbaulichen, kunstvollen und verehrenswürdigen empor.

Ich unterhalte, unterweise und belehre Mich mit diesen, weil sie Geist von Meinem Geist enthalten und versprühn und Mir in vielem vielbesungene und kapriziöse Dienste leisten.

Im Übrigen schaffe Ich Mich aus genuiner Einsicht selbst voran und habe dabei weder etwas hoch-zujubeln, was besonders gut gelungen war, noch etwas zu verheimlichen, weil es Mir fürchterlich misslang.

Stets Bin Ich auf Draht mit beiden Ohren und verhasple Mich nicht mehr, wie viele andere, die es nicht lassen können, aufzuschneiden und sich mit fremden Federn auszuschmücken vor- und hinterher.

Ich billige Mir zu, was im allgemeinen noch nicht reif ist, angetastet und zum regelrechten Fortschritt und Verkehr benützt zu werden.

Meine Langmut ist mit Blick auf Meinen Lebensstil und Meine Tatkraft Legion und kann von niemand überboten werden.

Was kündet sich dir an? Eine Schelte, wenn du nicht begreifen willst, wie vorteilhaft es dich berührt, mit Mir und Meinem Duktus gleichzuziehn. Das verbindet dich auf's Innigste mit Meinen Ordnungen, Empfindungen und Raritäten, die dein Gewissen heiligen und dich zum Heil in Meinen universenweiten Geisteshallen führen.

6.9

Meinem Starkmut ist es zu verdanken, dass das All nicht in sich selbst zusammenbricht, sondern expandiert mit voller Wucht und sagenhaften Energien.

Ich male Mir genüsslich aus, was zu geschehen hat in Zeit und Raum für Millionen. Dann setze Ich den Hebel Meiner Willkraft an, um das Grandiose, wie das Zellulose, zugleich zu bewirken.

Was gekonnt ist, kann auch nimmer fehlen und was Meinen Weg beschreitet, wird das Ziel mit absoluter Sicherheit erreichen.

Ich reise mit Mir selber und bestimme dabei jeden Details Glaubensgut und Persiflage, Manifest und Festlichkeit im Dialog, den Ich beständig mit Mir führe.

Ich kenne Mich zutiefst und weiss damit mit aller Vorsicht und Beflissenheit, Weisheit und Ranküne umzugehn. Funken sprühen, wenn Ich komme und zu Stein erstarren die von Mir belebten Dinge, wenn Ich wieder geh.

Ich koste bis zum letzten Tropfen aus, was Ich Mir eingeschenkt und eingepökelt habe. Das heisst es geht Mir nichts verloren in der Strategie des Alles-fest-im-Griff-Behaltens, geisteskräftig, sinnvoll und auf's äusserste loyal.

Bienen müssen jederzeit dem Bien Gehorsam sein, Periscope - Meiner Durchsicht, um den Weltkreis de profundis anzusehn. Was immer Ich mit Meinem Blick ertaste, muss gewärtig sein, dass Ich es zu verändern und verbessern suche, mitten in der Vielfalt seiner fabelhaften Funktionen.

Was Ich als dringlich und pressiert erachte, muss ohne jeden Zeitverzug und jede Drückerei gleich an die Hand genommen und in Windeseile eingerichtet und vollendet werden. Dazu lautet die Maxime: Zeit ist Geld, des Geldes Silberfluss bringt viel ins Rollen, wenn auch längst nicht alles, gradewegs und unbedingt in Mir.

6.10

Ist es richtig, dass Ich soviel von Mir selbst verlange, frägt sich der selbstbewusste und bewundernswerte Diplomat? Jawohl, muss er zu sich sagen, weil so

viele Fäden und Bedürfnisse bei Mir zusammenlaufen, die nur Ich entwirren kann, spontan.

Ich messe Mich mit jedem, der mit seiner Latte stolz
daherkommt und sie hoch und höher legt, um mit
elegantem Sprung darüber weg zu flitzen. Immer
setz Ich einen drauf, wo die anderen sich längstens
hingesetzt vom Hächeln haben.

Trage Sorge zu den Beinen, weil sie das Kapital
sind, dem du deinen Ruf, wie deinen Reichtum,
hundertfach verdankst.

Ich bringe auf, was immer Ich Mir ausgedacht, um
einer Welt und Wirtschaft Willen, die gestärkt und
gutgeheissen werden will, nach gängigem und
zuverlässigem Erwägen. Das schlägt sich als
geziemender Erfolg und Aufwall auf der
Weltenbühne nieder, deren Teil du bist im Zug von
hunderttausend Variationen.

Ich lehne ab, was keiner Lehne zu bedürfen scheint,
um es vor dem Fall ins Abergründige zu behüten.
Bist du dann einmal dazu bereit, Einkehr zu halten
im Gewinde Meiner geisteswirklichen und
zielbewussten Applikationen, helle Ich dir auf, was
vordem finster für dich war und führe dich ins
Heiltum Meiner Welten.

Du schlingst dich gleich Lianen an Meinem Stamm
empor und lässt es dir dabei sehr wohl gefallen,
Aussicht über neue Seinsgebiete zu gewinnen, die
schlichtweg fantastisch sind und in ein sagenhaftes
Zeitmass führen.

Ich habe dich seit langem schon im Aug behalten
mit der Absicht, etwas ganz Besonderes mit dir zu

unternehmen. Die Welt wird sich in Ehrfurcht und Respekt davor verneigen, um dir gehörigen Tribut und Beifall für dein Lebenswerk zu zollen.

So geht es bei Mir zu und her für Myriaden und zeitigt Früchte von erlesenem Geschmack sowie von unerreichter Haltbarkeit im Numinosen.

Du siehst dich davon glücklich und gestillt in Mein Wesen eingemittet und in ihm bewahrt. Das verleiht dir Kraft zum überragenden Beginnen und Gewinnen deiner Siegestaten, die alleweil von deiner, wie von Meiner, Grossmut und Bewegtheit, Traulichkeit und silberhellen Seinsbewusstheit zeugen.

6.11
Wie geht die Rechnung einmal auf, wirst du dich fragen, wenn du die Welt betrachtest in der Fülle ihrer Aktionen, Postulate Merkantilismen und Verschrobenheiten. Das weiss nicht einmal Ich, klingt dir's von Meiner Seite in die hochgestellten Ohren und bedeutet dir damit, du solltest einfach deine Pflicht erfüllen und des penetranten Fragens dich enthalten.

Nur dem Allwissenden ist es gegeben, aus dem Gegenwärtigen das Künftige zu eruieren und ihm dabei den Touch des Geistgewaltigen und Unvergänglichen zu applizieren.

Stelle Ich Mir das so vor, so ist es für Mich pure Wirklichkeit und muss für alle Zeit so bleiben. Ein jeder hält sich so in seiner eignen Welt bewahrt und auch gefangen und versucht, sie aufzusprengen mit erstaunlicher Rendite.

Ich halte es mit denen, die gewollt und sicher, zuversichtlich und erspriesslich leben wollen. Das bedingt ein klares Urteil über das Vorhandene sowie ein Denken in erfolgversprechenden Kategorien, denen man die Spritzigkeit und Griffigkeit von weitem ansieht im wallenden Gedankenmeer.

An alledem, was *ist*, geh Ich gelassen und getrost vorüber und zupfe dies und das zurecht, was noch nicht ganz in seinsgerechter Ordnung war. Das ergibt im Grossen Ganzen dann ein Bild von wunderbarer Einigkeit im Werden und Verblassen von untrüglicher Natürlichkeit und Symmetrie.

In Mir und Meinem Sinnkreis kann nicht das Geringste je verloren gehn, weil Meine Blicke die Äonenweiten ständig übergleiten und so das ganze All in seinem Wirken sehn.

Du empfindest dich als fromm und friedvoll allem gegenüber, was mit Mir zu tun hat und was schlussendlich jedem dient in seinem Lebensgang in Meine Tiefen.

Ermannst du dich dazu, für einmal wirklich nützlich und devot, weltmännisch und erfinderisch zu sein, kann Ich dir weiterhelfen auf dem Pfad ins Glück der Sterne über dir.

Mir kann es nicht egal sein, wie du dich verhältst, denn Mein Schicksal ist genauso gut in deins geschrieben, wie das deine in das meine, in bedeutungsvollen Sätzen und Beförderungen einer Weltkultur von götterherrlichem und seligmachendem Fibrieren.

6.12

Wonach Ich weidlich und gedeihlich strebe, ist die Seinsentwicklung zur vollkommenen Bewusstheit von Mir selber hin. Ich überlege nicht mehr, was das denn bedeuten könnte, sondern Bin es so, wie es die allerwürdigsten und vifsten Geister immer waren.

Was Mich belebt, bewegt und aufrecht hält, Bin immer Ich in Meinem Weltverstand mit allen seinen ausgezeichneten und wundervollen Variationen.

Was Ich bei Leibe nicht mehr könnte, ist im Geiste ohne weiteres getan und kann sich wahrlich sehen lassen unter Brüdern in den veritablen Himmels-höhn.

Mein Aufschwung ist zugleich der Abschwung in die menschlichen Gefilde, wo noch allsoviel Verwirrung herrscht und eigensüchtiges Benehmen.

Mein Sein ist dienstbeflissne Ehrbarkeit und thronende Gerechtigkeit in einem. Es hilft dir Zug um Zug zu köstlichen Errungenschaften auf dem Feld der guten Gaben, bis sie reif zur Ernte sind und zum beglückenden Vergeben.

Ich verwundere Mich nicht mehr über deine Kapriolen, weil sie dem entsprechen, was das Weltensein im Allgemeinen fabriziert und seinen Stolz begründet in der tosenden Manege.

Mir imponiert das wenig, weil es dem entgegensteht, was Ich schlussendlich will: Ein Volk von aufmerksamen Lauschern an der Herzenstür. Es verbindet sie ein feines Fluidum von Menschenwürde, wie von Gotteswert, mit Mir, das ihrem Glücke Tür und Tor erschliesst und sie zu allem führt, was man bezeichnet als ein bis zum Rand erfülltes, feingefühltes Leben.

Zollst du alledem gebührende Beachtung, brauchst du von Meiner Warte keine weitere Belehrung mehr und darfst dich als Gereifter,und Vollendeter in Mir erfühlen.

Deine Sehnen sind gespannt und musikalisch, konzertant und tänzerisch geworden, sodass dein Auftritt männiglich erfreut und die gestopften Hallen in Begeisterung toben.

Von Mir die Kraft, von dir der gute Wille, will Ich sagen und schon ist der Pakt gegründet, der deine Welt in ein Erlebnis führt von paradiesischem Entzücken an dir selbst, wie selbstverständlich auch an ihr.

Deine Grösse liegt im Kleinen, das sich an Mir emporgerankt und hochgetrieben hat in wunderbar beseligende Geisteshöhn.

6.13
Mich bekämpft man nicht, weil Mir alle haushoch unterlegen sind in jeder Disziplin, die *ist*, in Meinem krisensicheren Panoptikum.

Was Ich spannend finde ist, dass sich immer noch so viele gegen Meinen Standpunkt aufzulehnen suchen, trotzdem nichts dabei herausschaut als Verdruss, statt Kunstgenuss und Unvermögen, statt herausposaunter Sieg.

Du brichst hervor, wie ein viel gewandter Krieger und Ich breche deinen Speer, so wie Ich stolze Bäume knicke mit des Sturms Gewalten vor Mir her.

Nun gilt es für dich, Anschluss an den Übermächtigen und Prächtigen zu finden, der Ich dir und allen Bin, der trotz seiner Majestät im Rufe steht, Bescheidenen in aller Schlichtheit seine Dienste zu erweisen.

Nun grüble nicht mehr nach darüber, ob du Mir genehm bist und ob Ich deine Treue akzeptieren und belohnen möchte mit der Meinen. Genauso ist es, denn du Bist mir so viel wert, wie jedes andere der traulichen Geschöpfe, die da *sind* in Meinem weitgedehnten Lebensgarten.

Sinnsprüche muss Ich keine mehr für dich erfinden sowie du anfängst, die vorhandenen gebührend zu begreifen. Sie stellen dir das Dasein dar, so wie es sein soll, ungeschminkt, beglückend und erhaben.

Das Natürliche kommt voll zum Zuge und des Seins Gewissheit feiert den Triumpf, der ihm gebührt und das dir eine Wonne ohnegleichen ist in seinem Ablauf und bedeutungsvollen Über-dich-Verfügen.

Ich trete vor dir auf als ein dir zugeteilter Kamerad und beglücke und beselige dein allbewusstes Menschenwerden.

Wirklich glaubhaft ist, wie Ich alleweil mit dir verfahre, genauso wie du es schlussendlich haben willst in deinen Träumereien und bestechenden Erwartungen.

Behände lege Ich für dich die Hand ins Feuer, wenn es darum geht, Vermutungen und Beschuldigungen von dir fernzuhalten und dich reinzuwaschen von jedwelcher Schuld, vor allem auch vor Mir.

Ich segne dich in deinem So-Sein pausenlos und begehre nichts als deine Liebe, dein Vertrauen, wie das Schauen Meiner Herrlichkeit in dir.

6.14

Markisen zu, Markisen aufgemacht und schon beginnt der Tag ins Interieur zu strahlen. Ich setze Dampf auf, wo`s nach Konsequenz und gutem Willen riechen soll und lasse Wohlverstand, Stabilität und Qualität durch die belebten Räume fahren.

Schon kursieren etliche Gerüchte, die von Ängstlichkeit und Unmut zeugen; die Könner jedoch achten nicht auf sie und sind gefeit vor diesbezüglichen Gefahren.

Ich treffe einige schon bei Kaffee und Kuchen an, derweil sie noch gar nichts geleistet haben und frage Mich, wann stellen die wohl ihren Mann und wenden ihr Begaben an, manierlich und auf's äusserste entschieden.

Niemand muss vor jemand kriechen, aber sinngemäss gehorchen muss er doch, damit die Dinge sich im rechten Mass und Muster, Vorbild und Produkt zusammenfügen.

Ich streife in Gedanken all dies menschlich aufgemachte Tun, um festzustellen, wo Ich selber Recht behalte und Mich nicht genieren muss, auf Meinem Standpunkt zu bestehn, derweil noch etliche unschlüssig sind und in sich selbst zerfahren.

Wotan der Donnerer vermag ein Lächeln kaum zurückzuhalten über all das emsige Getue, das mit soviel Ernst behaftet ist, dass die meisten festgefahrene Gesichter schneiden und dem Zeitenwillen folgen, grau in grau, griesgrämig und verkrallt in ihres Handelns Spur.

Ich jedoch befasse Mich damit, nicht alles blutig ernst zu nehmen, sondern spasshaft und gelöst, gutmütig und gelockert aufzutreten. Das spart Energie und schwingt sich wie ein Segen durch die wackeren Gemüter, die alleweil bestrebt sind, als gewiefte Könner und Bekenner ihres Fachs hervorzutreten.

Nach Meiner Einsicht frommt es jedem, seine Tage wie sein Tagwerk, leger lustig und nach Meiner Sinnkraft und Synthese zu vollbringen, damit sie nützlich sind und sich die Vielbeschäftigten vor Meinem Antlitz nicht zu schämen brauchen.

Ich trage vor, was etwas taugt und tauche damit selber unter in das menschliche Gebaren und Gewahren an der Front der Evolutionen. Ziehe mit und sei damit von Mir auf's höchste und bewundernswerteste, bekenntnishafteste und götterherrlichste gepriesen.

6.15

Du Bist von Mir gefordert, so wie Ich es einstens von Mir selber war. Nun heisst es für dich, namenlose, fürstliche Geduld zu üben, bis du dem gerecht geworden bist, was Ich von dir abverlange nämlich:

Dich zu sein mit allen Fasern deines Sinnbegabten Wesens.

Damit aber wirst du dem gerecht, was einzig für dich zählt, zu sein mit allen Konsequenzen und Verdichtungen die unweigerlich dabei entstehn.

Du siehst mit einem Mal dich in ein Wesen transformiert von ewigem Bezug und mit einem Seinsgehalt von überragender Brisanz im Wunderbaren.

Dein Dich-in-dir-selbst-Bewahren nimmt enorme Züge an und deine Akquisitionen offenbaren eine Nützlichkeit von überirdischem Begaben.

Etwas sehr geringes hemmt dich noch daran, vollends ins Sein zu steigen, wo die Seen Seelen haben und die Seelen Geist von Meinem Geiste, wunderbar.

Du bist auf dem besten Wege, haargenau so vif und konstruktiv, verständig und konkret zu sein, wie Ich es Bin und wie die Sterne es dir schon seit aller Zeit verkündet habe.

Deine Wände sind schon im Begriff, allem Durchlass zu gewähren, was Ich dir entgegenströme und alles inniglich zu akzeptieren, was Ich für gut und gängig, wesenhaft und findig finde.

Was an Mir lehrhaft ist, soll dich gehörig davon überzeugen, dass es kluger ist, auf Mich zu hören, als auf die selbsternannten Gläubiger, die dafür ungeheure Tantiemen von dir fordern.

In bester Kenntnis deiner Mängel und Verschrobenheiten, Bin Ich dir der gütig aufgestellte Vetter, dem es gelingt, dich auf die rechte Bahn zu dirigieren mit dem weissen Handschuh und mit einer Uniform, die in der Sonne glänzt und die im Stossverkehr ein Standbild ist von Würde und Gelassenheit in einem.

Siehst du das ebenso, kann Ich dir ein Kränzlein dafür offerieren von getriebnem Blattgold, wie von einer glänzenden Struktur, die Bände spricht vom einen Ende bis zum anderen von Mir.

Meine Zelle ist das All und Meine Weiten bieten Raum auch für dein Sein und Sinnen, Seligsein und Neubeginnen, ungekürzt und lauter, lichterfüllt und ewig wahr.

6.16

Wer hat des Guten mehr als du, wenn Ich dich frage? Du aber schweigst, weil du noch nicht erfahren hast, was sich die Güte selber ausgedacht hat, um dich zuinnerst zu beglücken und mit Lebensliebe zu bestücken himmlischer Natur.

Wenn du einmal ängstlich bist, in Bezug auf das, was auf dich zukommt, kann Ich dich zu einer Herzensruhe ohnegleichen führen, die dir Frieden bringt und allgemeiner Wohlfahrt seligmachendes Fibrieren.

Du wendest dich Mir zu, wenn deine Nöte übermächtig werden. Besser aber wäre es, wenn du dich dazu entschliessen könntest, Mir spontan ab sofort vollends zu gehören.

Es geht dir noch zu gut, und mit dem sogleich meine Ich ein spontanes Dich-in-Meine-Götterarme-

Werfen, wo du dich geborgen fühlst und allerbestens aufgehoben.

6.17

Ich rechne mit dir ab, was bisher war und Bin bestrebt, dich soweit aufzumöbeln, dass du künftig bessere Ergebnisse und Präsentationen zeitigst, als es ehmals üblich war.

Nach dem Gebot der Stunde willst du ohne weiteres auf Friedenszauber ausgehn und damit bewirken, dass die Menschen sich besonnener verhalten und einander immer inniger verstehn.

Ich kenne deine Leistung und anerkenne, was du immer tust, als Vermittler neuer Chancen für das Volk, sein Dasein immer besser, glaubwürdiger und intensiver zu bestehn.

Mir schwant ein dialogisches Geplänkel zwischen dir und Mir mit dem Erfolg, dass neue Lösungen, Lichtblitze und Wahrnehmungen erstehn, die unser würdig sind und aller Welt, in der wir *sind* und leben.

Soll es aber so wahrhaftig bleiben, musst du dich in Meinem Kosmos als verankert sehn in seinsbeglückender Manier.

6.18

Was du wirklich Bist, ist in den Glanz des Sternenalls geschrieben. Ungeschieden bist du von dem, was Ich Bin und sollst es wissen, eingeschrieben in dein gütestrahlendes Gemüt. Du bist imstand, dich als das Allerfüllende, Allgütige sowie Allwesenhafte zu erkennen, von welchem alles ausgeht, was da *ist* und zu dem es wieder heimkehrt im Erkennen seiner götterlichten Züge.

Deine Wahl ist gut getroffen, wenn du dich als Mich erwählst in deinen hocherhabnen Überlegungen zum Sein an sich sowie zum ganz Besonderen in dir.

Manifest betrachtet bist du wenig, seinserhoben aber unermesslich viel im geisteswirklichen Sensorium.

Brennt es in Mir, so brennst du mit - und herrscht die Ruhe wieder, ruhest du mit allen deinen Werten, Wirklichkeiten und Erfahrungen beglückt und seelenvoll in Meinem Wesen.

Woran du webst ist Meines Webens unvergleichliche Synthese mit den Myriaden Wesen, die das All beleben. Woran du dich ergötzest, ist die Art und Weise, wie gehandelt wird in Meinen kunstbeflissnen Niederungen, demnach auch in dir.

Flippst du aus, so flippe Ich dich baldigst wieder ein, damit das Sein an sich sich in konstanter Fülle und Erhabenheit befindet lichterfüllt und solitär.

Bin Ich hinausgetreten, trete Ich, bewusst und sakrosankt geworden, wieder ein in Meiner Herrlichkeit Gebinde und Gewinde, unendliche Gelassenheit zu üben.

Was Mir gilt, ist gültig auch für dich und deines Seins ereignisvolle, mustergültige Ägide. Du brauchst nur richtig aufzufassen, was dir frommt und wessen Züge du erfüllst mit deinen.

Ich verbitte Mir ein jede Kränkung Meines Seinsgewissens und so sollst du's gleichfalls halten, damit alle Seinsgepflogenheiten auf derselben Linie liegen, prosperierend, alternierend und florierend auch in dir.

Womit Ich schliesse, ist schlussendlich auch in dir beschlossen und vollendet was du Bist für lichterstrahlende Unendlichkeiten, wonnevoll, wahrhaftig und in Mir geliebt.

7

Was bei Mir Erbarmen findet

7.1

Trolle dich davon, ist in Meinem Wortschatz keine Option, weil Ich alles Mitarbeitende und Mitgestaltende konstant im Sinne halte.

Wer immer bei Mir ankommt, ist zum voraus auch willkommen und wer ins Uferlose weitergeht, kann nur das Allerbeste von Mir sagen.

Bekannt Bin Ich für Meine träfen Argumente, die den Nagel auf den Kopf und nicht die Fingernägel treffen.

Was Ich immer unternehme, ist mit soviel Witz bedacht, dass die guten Leute schmunzeln müssen, wenn sie sehen, wie perfekt Ich damit reüssiere. Nicht von gestern ist, was Ich tagtäglich neues postuliere und was Mir angemessen scheint, den Lebensdingen neuen Pusch und Inhalt zu verleihen.

Teiche sind Mir höchst suspekt, weil Ich das Wasser darin viel zu nass für Meine Füsse halte und Meine Haut zu delikat, um sie darin zu baden.

Was bei Mir Erbarmen findet, sollte es gewiss auch gleichen Tag's bei dir, damit kein Unterschied zutage tritt in deinem wohlbemessnen Handeln und dem Meinen.

Was von heut auf morgen so geschieht, kann auch nicht viel weiter als von heut auf morgen taugen. Überhaupt ist alles zeitbedingt, was dir vor der Nase hin und her geht, oder aus ihr tröpfelt, wie man sieht.

Ausser alledem soll es nun endlich auch bei dir zu tagen und zu tragen beginnen mit der Losung: Gewaltiges geht hier vonstatten, aber noch viel

Überragenderes spielt sich ab in Meinen Geistes-
gründen, wo Gedankenfelder wallen und lichterfüllte
Szenen sich begeben.

Was wirklich *ist*, kann demnach nur derjenige
besagen, der sich mit der Geisteswelt verbunden
und verbandelt sieht in allen seinen Regungen und
Motivationen. Auf diese Weise geht vor seinem
Sinnen etwas Lichterfülltes auf, derweil das
Schattenhafte hinter ihm versinkt ins Unbedeutende
und Unvermittelbare.

Gedanklich losgelöst vom weltlichen Getriebe darf
er Innovationen und Beschauungen empfangen von
unbedingtem Wert, wie von einer Wirkung, die das
bisher Wirkende weit in den Schatten stellt.

An dieser Stelle, Schwelle und entschiedenen
Veränderung scheiden sich die Geister und
belieben, ihren eignen Weg zu gehn im Sinne des
Erkennens oder des Verkennens dessen, was da *ist*
in Meinen, wie in deinen, Universenweiten,
leichtfüssig überglücklich oder höchst gedankenschwer.

7.2
Muss das wirklich sein, brummle Ich, uralt
geworden, vor Mich hin. Entstehen und Vergehn
sind keine leichte Sache. Sie sind noch jede
Überlegung wert, die sie bewusst begleitet in den
von Mir beherrschten Geisteshöhn.

Das Wandelbare hat den Vorteil, dass es je nach
Ausgang ausgebessert werden kann in seinen
faszinierenden Strukturen. Das zeitigt allgemach
und vielbeachtet Qualitäten von enormer Dichte und

Gewähr für Brauchbarkeit und wohlanständiges Verhalten.

Du meinst es wahrhaft gut, doch Meine Meinung alterniert die deine in bedeutungsvollem Mass und bringt so das zustande, was die Welt veredelt und von jedermann als brauchbar und begehrenswert bezeichnet werden kann.

Meine Ruh ist hin, hat schon lang vor Gretchens Fall im All kursiert. Doch nun scheint es für alle Zeit um die geschehn zu sein, die mit Vergnügungen, Begehrungen und Schnitzern sich zuviel zu leisten pflegen. Nur Ich behalte Meine ruhige Distanz zu alledem, was Ich geschaffen habe und was Mich dennoch, wenn auch nur am Rande, kitzelt an den Sohlen.

Willst du weise sein, so machst du Mir getreulich alles nach, was Ich in guten Treuen schon prästiert und als erfolgreich und gewissenhaft bezeichnet habe.

Mag dir das skurril erscheinen, Ich vertrete es durch dick und dünn und mag keinenfalls darüber diskutieren, ob es an sich gut oder dann verwerflich sei in seinem Grundgehalt und Selbstgenügen.

So lass Ich treiben, was geschieht und greife nur dort ein, wo etwas wirklich fehlläuft in ver-dammenswerten Zügen. Dann aber pflege Ich mit aller Härte durchzugreifen, um der besten Ordnung willen, die Mir hoch und heilig ist im lichtgesättigten Allhier. Kein Stäubchen darf sich in Mein delikates Sein verirren und in deines noch dazu. Wir *sind* und werden unser Allerheiligstes beileibe nie verlassen, um schlussends wie einst in Liebe, Selbstvertrauen,

Auserlesenheit und Daseinsminne, Loyalität und Wohlgemutheit richtiggehend aufzugehn.

7.3

Moderat sein kann Ich nur, wenn sich die Dinge Meines Seins fast wie von selbst zusammenfügen. Eher aufgebracht Bin Ich von dem, was mit enormen Aufwand abläuft, derweil es ohne weiteres auch schlicht und einfach hätte laufen können.

Ich weise, unterweisend, den zurecht, der seine Nase kühn und frech in alles steckt, was ihn im Grund genommen gar nichts angeht, seiner Position gemäss.

Bist du versucht, so viele Dinge, wie nur möglich sind, an dich zu reissen, komme Ich dir gern zu Hilfe, damit du baldigst einsiehst, wie sinnlos sich das anlässt und wieviel Energie damit frivolerweis verpufft wird deinetwegen.

Kurz vor Beginn der Rente sterben, soll dir nicht passieren. Doch ist es im Grund genommen sozial und hilft vielen anderen, ihr Altersleben tüchtig aufzubessern.

7.4

Ich melde den Gewinn von Seinsbewusstheit, Seelenstärke und Vernunft, die Mir freilich zugekommen sind im Laufschritt der Äonen. Wie du daraus ersehen kannst, ist alles kräftig aufgewertet worden, was Ich vordem war und wessen Ich nun fähig Bin zu sein und Mich dementsprechend sicher und gewandt, gewandelt und markant zu präsentieren.

Massgeschneidert ist, was Ich mit siegessicherem Gewissen überall verbreite, wo Ich schaffend gegenwärtig Bin und Meinen Standpunkt felsenfest vertrete. Ich werde dann so recht konkret, wenn du in Unbestimmtheit regelrecht verschwimmst und in dir selbst verschwindest so, als ob es dich nicht gäbe.

Kommst du dir selber bei, so Bin Ich Mir dabei genauso beigekommen, weil Ich die Identität mit allem, was da *ist* zutiefst erfühle.

Ich weise dich zurecht im besten Sinn, der sich mit Weisheit vollgestopft erweist, wenn du die Spur verloren hast der Seinsgerechtigkeit im Grünen.

7.5

Wie nett, dich einmal wieder richtig nah zu haben, um dir Meinen Standpunkt, Meine Weisheit, wie Mein Wissen gehörig einzuprägen ins empfindende Gemüt. Ich stelle dar, was *ist* und, kannst du Mich nicht greifen, Mich begreifen kannst du doch mit allen Meinen Äusserungen, Inhalten und Kontributionen.

Ich schalte um von einer Lebensszene zu der anderen, wenn es Mir nötig scheint, noch einen draufzulegen damit sich immer abgerundetere Resultate und Auspizien daraus ergeben.

Mein Umfeld Ist geprägt, durchtränkt und moduliert von dem, was Ich zu seiner Wohlfahrt und Rendite ausgemacht und in es eingeführt und eingemittet habe.

Was ehrenvoll und ehrbar ist, das habe Ich für dich getan, um deines Wesens Wert und Funktion zu mehren und ihm bessere Manieren beizubringen.

Seit eh und je geschah durch Kämpfe, was geschah und was geschehen musste, um Schritt um Schritt den Fortschritt zu gebären. Das erfordert Mut und Einsatz mit den besten Kräften, die dir zur ständigen Verfügung stehn.

Ich Bin der grosse Wandler in der Universenwelt, wie auch in deiner, noch sehr kleinkarierten und bescheidenen Olympiade. Und gehst du vollends in ihr auf, so gehe Ich's in Meiner mit enormem Wohlverstand und grandiosem Willen zur bewundernswerten Meistertat.

Ich krage aus, wo es Mir nötig scheint, über alles schon Erreichte noch hinauszuragen, um es zu ergänzen und beflügeln, ausgesprochen sinnvoll und entsprechend visionär.

In deinem Gärtlein geh Ich oft spazieren und so sollst du's mit dem Meinem halten, nur ist es unendlich ausgedehnt und in sich selber grandios. Deines Geistes Flügel machen`s möglich, dass du ständig in Mir Bist in Wahrhaftigkeit und mit so seligmachendem Gefühl.

Was dir bestimmt ist, zu erreichen, habe Ich beizeiten schon erklommen und weise dir von Mir herab den Weg in Meiner Höhenlagen Duft und Wohlgemutheit, Ernst und Kapital.

Nun gilt es für dich aufzuholen, was du einst versäumt hast und dich Mir empfohlen und beliebt zu machen so, dass wir ins Eins- und Einigsein verschmelzen, glückselig, sinngemäss und wahr.

7.6

Frage nicht so viel, versuche vielmehr, Antwort in dir selber zu erhalten aus der Weltenweisheit unermesslich weitem Pool. Niemals werfe Ich dir etwas vor, nachdem du so naiv gefragt hast, wie es eben Kinder oder Narren tun. Vielmehr suche Ich dir haarklein zu erklären, wie die Lebensdinge sowohl innerlich wie äusserlich sich alleweil verhalten.

Ich kläre auf, derweil du abklärst da und dort und rundherum in allen möglichen Etagen.

Synergetisch ist, was du dir leistest, nimmer zu empfehlen, vielmehr weise Ich auf Meine wohlbegründete Methode hin, direkt Mein eignes Wissen anzuzapfen, um damit enorm viel Energie, wie auch viel Ärger, zu ersparen.

Sprichst du, so spreche jede Silbe überlegt und klargesichtig aus, damit jedermann versteht, wie du es meinst und welche Absicht du dabei im Schilde führst in deinem eigensinnigen Gehaben.

Dabei biete Ich dir *Meine* Kenntnis an, besonders von den Dingen, die weit über deinem Wohlverstand, wie deinem Wissen von überirdischen Belangen, liegen. Das kann dir eben nicht egal sein, weil es dich gerade dorthin führt, wo Ich dich haben will seit Generationen.

Mir kommt es schliesslich immer darauf an, im Sinne Meiner Seinsgeschwister zu agieren, damit sie mählich Meiner eignen Stellung würdig sind im unermesslichen Final und Freudensaal.

Ich konturiere, was geschliffener Beformungen bedarf. Mein Aberwille ist es, eine Gilde der Gerechten Gottes universenweit heranzuzüchten, die das Weltsein liebevoll umspannt und Freude sät und Harmonie ins allumfassendes Verlangen.

Wende dich Mir zu und sei, was Ich dir Bin, in deinen Aspirationen und Erwartungen, bis alles gut und bündig ist in des Weltalls wunderbarem Seinsgenügen.

Hast du dies begonnen und gewonnen, kann dir nichts gottseliges mehr entgehn. Du Bist das Gleichmass des Allherrlichen, Allweisen und Allgütigen geworden in Erhabenheiten, Heiterkeiten und Bewusstseinsakten, universenweit und immer weiter freudestrahlend um dich her.

7.7

Verlass dich drauf, Ich Bin die Weise dich zu schützen in der Wesensnot. Bald da, bald dort gerätst du in Gefahren, die dich kniebeln und piesacken wollen. Das ist dann für dich gar nicht schön, geschweige denn bekömmlich in der Folgerichtigkeit der Lebenszeiten. Ich aber folge dir auf Schritt und Tritt und suche, was du immer Bist, auf's seelenvollste zu befrieden.

Ich kreiere keine Zwänge, geschweige denn durch Durchtriebenheiten: Bei Mir ist alles wohlgeformte Fügung und Regie zu neuem Aufschwung und Gelingen.

Kommen Dinge auf dich zu, die dich verärgern und enttäuschen wollen, fange Ich sie auf und ab und bewirke so, dass sie dich nicht zu treffen und behelligen vermögen. Mein Grundsatz ist genau der deine, der da heisst: Mein ist Dein und Dein ist Mein in der Philosophie der Einheit, die wie miteinander pflegen.

Köstlich ist es zuzusehn, wie Ich mit deinen Angelegenheiten zu kutschieren pflege. Ich halte deine Zügel lose in den Händen und ziehe sie erst an, wenn du Gefahr läufst, von dem dezidierten Kurse abzuweichen, der unbedingt zu Meinem Zielgebiet und Zentrum führt.

Sind unsre Wünsche öfters auch verschieden, so gibt es einen, den wir ohne jeden Abstrich miteinander teilen wollen und der heisst: Einigkeit macht stark. Unter diesem Slogan meistern wir, was immer anfällt, mit Bravour und setzen es dort ein, wo es am besten aufgehoben ist und wo es seit ehdem hingehört und Nutzen zeitigt für das allgemeine Wohl.

Neue Lebensweisen und Kategorien haben es in sich, als Mahnmal aufzutreten für noch mehr Geschmack, Gerissenheit und Glamor in den Details, die dabei in Frage kommen.

Es kann sich hier auch um Veränderungen geistiger Natur, Notwendigkeit und Minne Gottes handeln, die die suchenden Gemüter aufhellt und erfrischt in ihrem steten Seinsverlangen.

Ich halte Mich für fähig, alles Werdende schlussendlich auf den Punkt der strahlenden Vollendung zu befördern, um es dort im Schwebezustand zu erhalten für ein wenig weniger oder für ein bisschen mehr. Dir muss dasselbe gelten in glückseligem Erkennen dessen, was du bist, in Mir.

7.8

Wunderbare Worte schenk Ich dir, die Seele zu befrieden und sie aufzurichten in der wonnevollen Liebestat.

Du Bist nicht klüger als sonst, doch komme Ich mit Meiner Weisheit dir zuvor und hülle dich in wundertätige Gedanken und Gefühle, um dir wohl zu tun in deinen Spekulationen.

Du wandelst dich im selben Mass, wie Ich Mich vordem liebevoll verwandelt habe und gehörst dann bald einmal zu den Verklärten, die damit allen Grund zu Meinem Lobpreis haben.

Öffnest du dein Herz, so will Ich es mit alledem begüten, was dir frommt und was dir heilig sein soll in den besten Lebenstagen.

Alles was beginnt, beginnt bei Mir und findet sich in Meinem Universenreiche wieder. Bist du einmal schon hineingekommen, willst du nimmer mehr hinausgehn und erfreust dich deines Daseins mehr und mehr.

Ich bringe Mich dir dar in neuer Übereinkunft mit allem, was du werden willst. In Seinsgeschicklichkeit will Ich dich unterweisen und schöpfe aus dem Vollen, um dir alles beizubringen, wessen du bedarfst in deinem fabelhaften Künstlerleben.

Was du auch immer sein willst, siehe Ich verehr es dir nach bestem Können und Gewissen, um dein Heil zu wirken, hier und irgendwo.

Mein Sein Ist so gesättigt, dass Ich dir vom Überfluss in Meinen Schalen gut und gern mit alledem verwöhnen möchte, was dich überglücklich werden lässt in deiner sinnerfüllten Seinskarriere.

Mir allein kann es gelingen, dir Meine Tröstung beizubringen, womit ein Equilibrium entsteht von ewiger Dauer und bemerkenswertem Feingefühl in allen Regionen, die du mit Mir teilst in seiender Bewusstheit und Regie.

Du wirst dich rasch daran gewöhnen, mit deinem Eifer aufzutrumpfen, um die halbe Welt für dich und deine sagenhaften Pläne einzunehmen.

Ich verbürge Mich dafür, dass ich dir auf jeden Fall noch etwas zeigen wollte, was das Herz ergreift und was dich in erstaunenswerter Weise moduliert und vorwärts bringt auf deinen vielverschlungnen Wegen.

Du meisterst, wenn du Meister werden willst, was dir bevorsteht und erhebst dich alleweil in Meine Gründe und Begründungen, Erhabenheiten und beglückenden Manieren himmlischer Natur. Das Ist die Lösung und dein Los in Meiner Pracht und Wohlgeneigtheit, Universen zu.

7.9

Keine Silbe, ohne dass Ich mitbestimme, wie gefochten werden soll im Unergründlichem von Meinem Glanz und Stil. Was Ich bewirken will, wirkt nach für zündende Äonenzeiten und was Ich unterlasse, lässt die Welt in sich erstarren, ohne noch ein Ende abzusehn.

Kannst du ermessen, was es für Mich heisst, beständig auf den Pol und auf die Pauke hauen zu müssen, damit etwas geschieht am Horizonte, wie im Zentrum Meiner Gegenwart im Grenzenlosen.

Ich ziehe dich zur Fähigkeit heran, den Tarif allwie ein Gott gehörig durchzugeben, womit Ich deinen schöpferischen Fähigkeiten Tür und Angel öffnen will für wunderwirkendes Gestalten und Erhalten in der Aufsicht, wie im gütestrahlenden Profil.

Mein Wesen Ist agil wie Fischgeflunder, wenn die Lebensdinge radikal entwirrt und neu geordnet werden sollen in den Höhn. Das Ist dann *Meine* Sache, genausogut wie deine, im Gebiet der Pflege, wie der Tilgung der gewachsenen Strukturen.

Meine Headline lautet: Mir Ist alles recht, was kreucht und fleucht, wenn es nur geschieht in *Meines* Namens Soll und Haben, Partikulation und zielbewussten Moderationen.

Ziehst du mit Mir dieselben Fäden her und hin, so kann Ich dich als Meine Stütze wohl gebrauchen und du brauchst dich um weiter nichts zu kümmern, als das Treuesein, in allen noch so heiklen Situationen.

Ich kontere, wo immer du begonnen hast, ein Werk und Denkmal zu errichten, das Mich ehrt und das es auch zu würdigen gilt mit veritablem Paukenschlagen.

Nun gilt es, das zu festigen, was vordem nur Entwurf und rustikale Weitsicht war. Ich sorge dafür, dass die Lebensdinge eines definierten Namens würdig werden und dass sie sich in diesem sonnen können, her und hin.

Siehst du Mich so an, so kann Ich dir den Blick in Meine innersten Geheimnisse verleihen, wenn du sie nur für dich behalten willst, statt sie in alle Welt zu kolportieren.

Mich zu kennen ist so süss und Mich mit Namen zu benennen, alleweil tabu.

7.10

Ich gehe wesentlich gestärkt hervor aus jeder nächtigen Ballade, die Ich Mir zum Zeitvertreiben um die Geistesohren schlage. Mein Wille Ist am ehsten dort aktiv, wo andere noch friedlich schlafend sich die Zeit vertreiben.

Gehst du deiner eignen Wege, kann es nicht sehr lange dauern, bis die Abdrift dich von Mir entfremdet und das Bild verzerrt, das Ich Mir von dir gebildet habe.

Ich renke deine Sache willig wieder ein, sowie du einsiehst, dass du dich einwenig weg von Mir geschoben. Das verleiht dir neue Kräfte für den Gang in Meine rätselhaften Tiefen, wo die Tiere Menschköpfe tragen und die Menschen ihre Füsse noch im Goldrausch baden.

Ermannst du dich dazu, Mir vollends zu gehören, wirst du auch ein jedes Wort aus Meinem Munde seinskonform verstehn und deine Handlungsweise dementsprechend nach der Meinen richten.

Als Entgelt für deine fulminanten Geistestaten sende Ich die Fülle Meiner Seinsideen ungesäumt zu deinem Hofe, damit du ihrer sichtig und teilhaftig wirst zu deinen, wie zu Meinen sinngeladnen Gunsten.

Bewahre Mich vor jeglichem Verrat, sollst du von früh bis spät in deiner Seele intonieren, damit der Friede herrsche und die Gläubigkeit in ihr. Mit jedem deiner Schritte, komme Ich Mir selbst entgegen, weil es stets die Meinen sind im grandiosen Weltenschreiten, das Ich schon vor Zeiten inszeniert und angestossen habe.

Meinem Credo sollst du folgen, dass die Folgerichtigkeit von deinen Taten Mir zupass ist, seitdem Ich dir mit Argusaugen auf die Finger schaue und diese sich seitdem im Takte mit den Meinen fortbewegen.

Nicht jedem ist es schon gegeben, sich Meiner Heilkraft Blütenduften zu erriechen, doch geschieht das Wunder, dass es immer mehr sind, die sich Meines Daseins Suplesse vor und hinter beide Ohren eingeschrieben haben. Das erhebt dich ungemein zu deinen veritablen Gunsten und veranlasst dich dazu, mit Mir und Meinem Gleichmass gleichzuziehn.

Merk dir das und versink darüber und darob in glückseligem und sammetweichen Staunen.

7.11

Das Ach der Geächteten wird übertönt von der Gestimmtheit Meiner seinsbewussten Melodien. Ihre Gläubigkeit wird reich belohnt mit Gaben irdischer wie geisteswirklicher Natur, die aus Meinem offnen Born zu ihnen fliessen.

Gewahrst du Wolken, musst du derweil noch lange nicht mit Regengüssen eingedeckt und angerempelt werden. Vieles wird erträglich, wenn du gelernt hast, die Lebensdinge mit Geduld und gutem Willen anzugehn.

Ich habe Grandioses noch mit dir im Sinn, indem Ich rasch am Zählen Bin, derweil die Gegner schon am Boden liegen.

Mein Auferstehn in dir bewirkt, dass deine Züge glatter und geschmeidiger werden, wenn du auch noch hinkst, ob harten Schicksalschlägen.

Mein Mass ist immer voll, derweil das deine alterniert und immer wieder auf dem Tiefpunkt anlangt deines Dich-Bewährens.

Errette deine Haut, will Ich hier sagen, damit du weiter kämpfen kannst in deinem Rayon für Gerechtigkeit und Herzensfrieden.

Hörst du nimmer auf, so musst du auch nicht immer mal beginnen. Lernt man dich als Verrückter kennen, geht's mit dir bachab bereits am frühen Morgen und gestattest du dir still zu stehn, macht jeder Miene, dich als Versager hinzustellen.

Meine besten Resultate sind immer die gewesen, die spontan auf das Tapet und auf den Tisch gehoben worden sind, tust du's Mir gleich, so wirst auch du im Grossen Ganzen prächtig reüssieren.

Beginnst du über deinen Stand und Standpunkt nachzudenken, so wirst du bald erkennen, dass nicht eben viel Gescheites vorliegt und dass es besser ist, wenn Ich dir ein wenig leichte Luft verschaffe in der dicken deinen.

Du gehst Mir nicht verloren, solang du auch nur glimmst und glutest, Meinem Feuerschein entgegen. Es lohnt sich eben alleweil, darauf zu achten, dass Ich dich ob deiner Lauheit nicht verachten muss und damit Schimpf und Schande über dich ergeht. Mein Brevier ist vollgeladen mit Sentenzen wie: Alles geht dich etwas an solang noch Blut und Wärme zirkuliert in deinen Adern.

Ich mahle was gemahlen werden muss und merke Mir die Härte. So auch du sollst dich im wohlgelaunten Mittelmass bewegen.

7.12

Was Ich immer rühre und berühre, schöpft tüchtig ein und kann weder ignoriert noch todgeschwiegen werden.

In Meinen Feldern will Ich schnurgerade Linien sehn, die von Konsequenz und Zielbewusstheit zeugen. Dir wird solche Gangart lange noch verriegelt und verschlossen bleiben, und an deiner Stelle setze Ich Sappeure, Pioniere und Reserven ein, die wissen was sie tun und was sie tunlichst meiden müssen.

Ich Bin stets dort vor Ort zu finden, wo Entscheidungen gefällt und Befehle fällig sind von alles überragendem Bedeuten.

Ziehst du Mir nach, so ziehe Ich es vor, dich an der ersten Stelle einzusetzen, wo am vehementesten gekämpft, gerungen und schlussends gesiegt wird unter Meinem Schiessbefehl.

Ich lasse niemals locker, wo straffe Zügel angebracht und zügige Bedingungen vonnöten sind im Austausch, wie im Weilen.

Mein Bericht betrifft so vieles, wie noch nie und muss deswegen auch von vielen sanktioniert, befolgt und in die Tat verwandelt werden.

Mein Fall ist jedem Einfall überlegen und bedeutet Rückzug, Landgewinn und Überlegenheit vom Feinsten.

Bist du gewillt, Mir überall hin nachzufolgen, wo gekämpft, gerodet und gebrandschatzt wird, halte Ich dich auf dem Laufenden und halte und erhalte dich solange, bis dem Kriegerischen der ersehnte Frieden folgt zu Land, zu Wasser, wie im Luftverkehr.

Ich Bin es gewohnt, dem Leidigen das Hinterteil zu treffen und das Wohlgeordnete hervorzuziehn, um der Verhältnisse und Geltung Willen, die Mir angemessen sind, wie Meinem Volke von gewissenhaften Ruderern auf hohen Wellen.

Meine Marke ist das Sinnbild für Myriaden und Mein Merkpunkt das Galante, Gängige, Gutmütige und Seelenvolle überall wo Ich regiere.

In Unschuld ragen Meine Hände und Verbände steil empor und zeigen jedem Schauenden die Richtung für sein ultimates Wohl.

Willst du es erringen, senke deine Augen und erhebe deines Herzens Glut zum sicheren Geleit, Gewinn, Glückauf und Seligsein in Meinen gotteswürdigen und seinsbewussten Gärten.

7.13

Gelegentlich ist keine Option, denn mit dieser Masche kommst du nicht voran. Da steckt viel Eitelkeit dahinter und bequemes Auf-die-Seite-Schieben dessen, was sogleich getan, im Nu erledigt wäre.

Meine Pfosten, Posten und Bewältigungen sind von Fall zu Fall tief eingeschlagen und bewirken Resultate von erstaunenswerter Dichte und Bravour.

Keine Meldung geht verloren und das Resümee von allem ist ein aufgeräumter Tisch sowie das Herz desgleichen in der Vielfalt des alltäglichen Geschehns.

Ich warne dich jedoch: Nur dies lass zu, was wahrhaft nützlich ist, in deines Lebens Lauterkeit und Stil. Das Andere lass unbesorgt und lächelnd fahren.

Ging dir etwas doch verloren, schau es nicht zu grimmig an und setze einen Punkt, wo andere trübsinnig weiterfahren.

Soll dir irgendwie geholfen werden, wende dich Mir zu und erwarte, was dir frommt und wohlbekommt, aus Meinen übervollen Schalen.

Gerade den verzwicktesten und ausgeklügeltsten Problemen Bin Ich Mir's gewohnt, auf den Schlich zu kommen, um sie gewandterweis zu lösen und mit neuer Pfiffigkeit und Grazie des Himmels zu versehn.

Scheint dir etwas sehr verfahren, lass es wohlweislich und gekonnt auf sich beruhn, oder lege es Mir vor, damit die Lösung wie von selbst erfolgt durch Mein allgewaltiges Regieren.

Du magst recht klug vor dir erscheinen, Ich aber Bin es noch unendlich mehr und weiss den Lebensdingen allseits gründlich auf den Grund zu gehen, um sie unvermittelt zum Erfolg zu führen.

Ich wärme niemals etwas auf, was kühl und clever, wohlgemeint und sachgerecht entschieden worden ist, um es vor weiterem Zerriss und Ungemach zu schützen.

Fällt Mir etwas Bodenständiges und Richtungweisendes, Probates und Naturgegebnes ein, so Bin Ich sehr geneigt dazu, es sogleich bestens auszuführen. Auf diese Weise kann die Welt sich auf das Vorteilhafteste entfalten und ihr Ziel erreichen, das da heisst: Ich will gerade sein, was Ich schon Bin und was in Meinen lichten Höhn Glückseligkeit und Heiterkeit, Vollkommenheit und reinen Seins Genügsamkeit bedeutet.

7.14
Nichts ist unberührbar, wie so viele sagen, denn weil alles von Mir kommt, steht ihm die Reinheit voller Anmut ins Gesicht geschrieben.

Ich konstatiere edle Züge auch bei dir, die anziehn und die deinen Wert auf's schicklichste vermehren.

Das Gute bricht hervor aus deinen Zweigen und der Edelmut wird Standard auf der Liste deiner Tugenden.

Ich profitiere insofern von deinem Zustand, als Ich Mich in dir beheimatet und gegenwärtig fühle. Das erzeugt dann Solidarität und sammetweiche Sicherheit im besten Sinne und beschert dem Leben eine Fülle von Gemeinsamkeiten.

Du lernst von Mir, wie man gepflanztes grosszieht und wie man die gesäte Ernte einbringt in den Herbstestagen. Das kann dich schon begeistern durch die Vielfalt, die es offenbart, wie durch den Anblick der Natürlichkeit in seinen Zügen.

Nichts hindert dich daran, auf Meine Fährte einzuschwenken, um künftig dezidiert und überzeugt nur noch Meinen Landstrich zu beschreiten.

Ich kann und füglich bist auch du zu allem fähig, was da Not tut, ausgeführt, inauguriert und etabliert zu werden. So ist im Grund genommen alles, was da *ist*, zuvörderst Meine Sache und dann erst die deine, aber mit Verstand, Gutwilligkeit und Seinsbravour.

Was immer Ich kreiere, hat den Drang in sich berühmt und allgemein bekannt zu werden. Das kommt von dem Gewissen, dass Ich überall erforderlich und nützlich, beliebt und anerkannt Bin, bis zu den allerhöchsten Kreisen.

Inaugurator Bin Ich neuer, nie gekannter Fertigkeiten und Begriffe, die das Leben angenehm und selig machen für den Kenner der Geschichte, also auch für dich.

In deinen Händen liegt so viel, wie in den Meinen, das verschenkt sich an die Welt der Winkelmesser, Taugenichtse und Propheten. Für sie gilt es, beständig wacher und versierter, überzeugter und gerissener zu werden im Verein mit Meinen Kämpen im Allhier.

Du weisst genau, wie Ich es meine und meinst das Deine noch dazu, damit der Friede Einzug hält in unsre Herzen, wie in unser gotteslichtes und glückseligmachendes Gemüt.

7.15
Kollerst du, so kollre nicht den Hang hinunter, sondern nur im Traum einwenig hin und her. Viel geträumtes scheint dir merklich übertrieben, besonders dann, wenn es ein Flugtraum war.

Ich rate dir, in Träumen wach zu bleiben und somit was Reelles und Erstrebenswertes vorzusehn. Das gilt es dann, mit Schwung und Rasse zu erreichen und mit Meiner Hilfe, wie es im lebendigen Leben sich versteht.

Ich nehme dich beim Wickel, wenn du dich im Fantasieren übertust und warne dich vor falschen Dispositionen. Bist du jedoch träg geworden, schrecke Ich dich auf, damit was tüchtiges geschieht an deinem, wie an Meinem Horizonte.

Saperst du, so gib dem Alter nicht die Schuld, sondern deinem Unvermögen, dich auf das, was du gerade tust, zu konzentrieren. Schliesslich ist es deines Daseins Licht und Los, hell bewusst und eilig durch den Lebenstag zu schreiten, damit er dem entspricht, was du dir treulich und treuherzig vorgenommen.

Winde dich wie eine Schlange manchen Baum hinan, doch tue es, um Weisheit zu verkünden statt Lug und Trug, wie einst im Paradiese.

Dein Resümee soll sein: Ich giftle nicht, wo andere gewohnt sind, Wort- um Wortsinn tüchtig zu verdrehn, um einen Vorteil einzuheimsen für ihr höchst gefährdetes Imperium. Deine Rede sei so wahr, wie klares Wasser und an deiner Zunge soll nichts Ungebührliches noch Unerlaubtes haften.

So wird dein Sein ein Segen für den Weltteil, den du mit deinem Einfluss und Verstand belegst und eine Zierde für dein Haus, von dem sich nur Erlösendes und Auserlesnes lösen soll.

Ich streite mit den Meinen dort, wo es sich lohnt, regulierend einzugreifen und dem Status quo ein götterlichtes Schnippchen und bemerkenswertes Merkatorium zu schlagen.

Meine Pläne stechen hoch und sind den deinen masslos überlegen. Doch an Meiner grünen Seite sollen auch die deinen bodenständiger, beharrlicher und intuitiver werden, damit das Ganze reüssiert und niemand sich bedenken muss darüber, was geschah.

Ich stille, was zu laut geworden ist und schlage leis die Laute, um dein Herz mit Sanftmut, Heiterkeit und Liebe zu verwöhnen.

7.16

Dabei kann alles noch ganz anders, viel vitaler und beredter werden. Vollführst du einen Tanz, so tänzle Ich geschickt mit dir im Kreis herum, um Mich wie nichts zu amüsieren in der wohlgesetzten Tat.

Ich habe Mich dem Weltensein verschrieben, ohne zu bedenken, welchen Aufwand Mich das kostet im Verhältnis zum Ertrag, der daraus resultiert. So packe Ich denn einfach an an jeder Stelle, wo es etwas zu errichten oder zu berichtigen gilt in einer Welt von Auf- und Niedergang für Millionen.

Ich schärfe stumpf gewordenes und statuiere Meinen Status durch geschickte und gewundene Manöver, die die Leute staunen lassen ob der Vielfalt der Ideen, die sie offenbaren.

Willst du mit Mir einig sein, so bringe Ich dir bei, mit welchen Tricks und Tarnungen, Beschönigungen und Wahrhaftigkeiten sich recht ordentlich und sinnlich leben lässt in den Gemarkungen, die Ich Mir selbst mit viel Geschick gegraben.

Doch das ist längst nicht alles, was Ich so im Allgemeinen und besonders Auserlesenen voll-bringe. Ich teile Mir die Welt in Globen der Entfaltung ein, die sich über Unermesslichkeiten und Bedürfnisse erstrecken von ungeheurer Wucht und sagenhaftem An-Mir-Wüten.

Soll das so und tüchtig immer weitergehn, müssen alle, die da *sind* und leben, nach demselben Ziele streben, nämlich nach Bewusstheit dessen was sie tun und desgleichen, was sie lassen sollen.

Das gibt noch viel zu reden und zu einigen in der Gemeinschaft ganzer Völker auf dem Erdenplan. Doch mählich muss der grosse Wurf gelingen, dass sich alle in der Freundschaft finden, die Vertrauen und Geselligkeit gebiert und selig raschelnde Verbindung mit den Geistessphären.

Das ist Mir die grösste Lust und Last zugleich, dass sich die gelehrten Häupter mit Gedanken füllen, die sich auf das Überirdische beziehn und die schliesslich darin die Erlösung finden von dem allgemeinen Weltenweh.

Turbulenzen hat es jederzeit gegeben und sie stehen noch für Perioden an von unermessner Dauer. Dennoch steht im Buch der Weisheit aufgeschrieben, dass die Menschen sich der Einsicht beugen müssen, die aus der Erfahrung resultiert und schliesslich Frieden zeitigt, Lebenssinn und unerschütterliche Harmonie.

7.17

Legst du Berufung ein, wird dein Fall Mir in die Hand gespielt und beginnt allmählich Fahrt und Fülle aufzunehmen. Du wirst berühmt im guten wie im schlechten Sinne und dein Name wird zum Schlager in des Landes Hauspostillen, vifer kann es nicht mehr gehn.

Was du so geworden bist, beginnt ein allgemein verbindliches Idol zu werden in den Sparten: Wachsen, mager werden, Kaffee brauen und Kartoffeln sieden.

Ich wünsche Mir ein Pferd, mag sich mancher ins Gebetbuch schreiben, doch wird der Wunsch real, wird er sogleich annulliert, um den Umtrieb zu vermeiden.

Willst du staunen, staune erst einmal dich an, ob der vielen Unbeholfenheiten, die dich immer neu auf's Glatteis führen. Gerade, wenn du auszugleiten drohst, biete Ich dir radikale Hilfe an und du kannst dich figalant an Mir sanieren.

Hast du den Boden ganz berührt, stelle Ich dich erneut und sicher wieder auf die Füsse, damit es mit dir weitergeht ins Unermessliche der Weltenzeiten.

Du kommst Mir vor wie einer, der zwar kann, jedoch nicht will in seiner Eigenart, im Brei herumzustochern, statt ihn tüchtig zu goutieren.

Ändert euren Sinn, ist hier zu sagen und zieht, ein fröhliches Geschwader, weiter dorthin wo die süssen Früchte an den Bäumen prangen und die Nächte lau sind und verführerisch zum Träumen.

Du glaubst, dich nicht mehr recht zu kennen, wenn du unverhofft in Meinem Sinn agierst und dabei spürst, wie dir alles federleicht vonstatten geht. Das ist der Moment, in dem du eintrittst wie durch viele Türen in Mein Reich und Meinen Reichtum des unendlichen Erwarmens und Erbarmens an der Welt, die dir zur rauschenden Verfügung steht.

So und somit ist auch dir von Mir bestimmt, im Glück der Stunde, wie in der spontanen Zuversicht zu leben, dass des Himmels Güte dich umflort und dass du unverzagt, unzimperlich und willensstark den Weg beschreiten kannst, den Ich dir vorgegeben.

Der junge Wind streift deine Segel als ein wunderbar geschliffenes Kalkül für's Reüssieren und du fühlst dich ausgesprochen fit, saniert und seinsbewusst in Meinem Sinn im Dich-Erleben.

Du gedeihst in Meinem Allgedeihen und rührst, wie Ich es immer will, unendlich liebevolles an.

7.18

Willst du kämpfen, kämpfe um Bewusstheit mitten in den Komplikationen, die Ich dir zu deinem Wachstum in das Wegrecht lege.

Merk auf, wenn Ich dir folgendes besage: Dein Hiersein hat den Zweck, dass du mit allem Hiesigen zusammen ein lebendiges Verhalten und Gestalten generierst, an dem die so Geachteten ihr Sinngedicht und ihre Lebensfreude finden.

Was Ich immer so geartet und bemustert vor Mir seh, lass Ich noch weiter flügge werden, indem Ich es mit neu erfundnen Fantasien und Entfaltungen begabe. Hoch hinaus darüber tränke Ich sie mit der Hoffnung auf ein ewig, unverwüstliches Bestehn in götterlichten Gründen und Erhabenheiten, denen sie und Ich schon immer seinsverwandt und angesichtig waren.

Konterst du, so kontre Ich zurück in allen Ehren, um dich davon überzeugen, dass Ich eben richtig liege und dass du fehl gehst, irrend und fatal.

Nicht jeder hat den Vorteil, direkt von Mir mit Weisheit und Gewissenhaftigkeit begabt zu werden. Du aber darfst dich für den halten, der auf Meiner Linie liegt und an dem Ich Mich erfreue, weil er schon begriffen hat, um was es schliesslich geht und welche Züge dafür nötig sind, um beste Werte und Wahrhaftigkeiten zu erreichen.

Meine Wirkung in dir ist enorm, wenn du nur die Gnade hast, sie sichtlich zu erwarten und den Ruhm, den sie dir alleweil beschert, zu ernten voll begeisterndem Elan.

In Meiner Hemisphäre sind vor allem Produktivität, Gewissenhaftigkeit und Ehrbarkeit zu konstatieren, die alleweil auf bessere Bedingungen, Bedienungen und Rüstigkeiten zielen. Das kann dann von jedem, der da tüchtig will, erfasst und füglich eingesehen werden für sein immanentes Herzenswohl.

Bleibt es beim Alten, kann Ich wenig dafür tun, bist du im Aufbruch, bringe Ich dir alles dar, was du für deinen Weg und deine Willenskraft benötigst, um saniert und siegessicher deines Lebens Wallstatt zu durchqueren.

Das soll dein Auftritt sein nach Meines Willens Hochgebot in deiner glückerstrahlenden Manier.

7.19

Gerader geht's bei Mir nicht mehr, weil Ich die Latte immer bei Mir trage. Dösest du, so ist bei Mir die Wachheit Trumpf, die Ich bis zum Ende Meines Reiches ständig intus habe.

Was Ich in Mir gebare und bewahre, kannst du noch keinenfalls begreifen; es wird dich jedoch wie der Morgentau sowie die Abendfrische überkommen, wenn du gereift bist, es gebührend zu empfangen.

Du stehst und gehst noch immer frei herum, als würde dich und Deinesgleichen nimmer etwas plagen. Dabei seufzest du im Innern unter deinem Joch und möchtest dich um jeden Preis von ihm erleichtert sehn. Da muss wie eh und je die Regel gelten: Gratitudine und auserlesner Ausgleich sind dir nah, von Meiner grünen Seite ausgegeben.

Sie fördern dein Vertrauen in das Künftige und führen dir, was immer gut und köstlich ist, vor die weitoffnen Seelenaugen.

Das Beständige blüht vor dir auf; nie und nimmer gehst du Mir verloren, weil Mein Ich dem deinen inhärent ist und damit zum Tribut verpflichtet vor und hinterher.

Ich besitze lange Ohren, die geneigt sind jeden noch so leisen Ton und Touch gebührend zu vernehmen, die um Herzenshilfe flehn.

Ich lass dich springen, wie du willst und fang dich sogleich wieder ein sowie die Sprünge nicht nach Meines Willens Wohl gelingen.

Das zeitigt dann ein Fest der Heimkehr, wie der Einkehr, in die Regelmässigkeit des tugendhaften Seins und Lebens wo Ich Bin in der Unendlichkeit der Geistessphären.

Sowie du Mich gewahrst, bewahrst du dich vor jedem Unheil und hältst dich auf Trab in Meinen vielgepriesnen Liebesgärten.

Dir ist gegeben, alles, was von Mir kommt, hurtig anzunehmen und dir damit den lieben langen Tag zu schmücken, wie die Bräute, die zum Hochzeitstag mit reizenden Verlockungen behangen werden.

Alles, was Ich dir erbringe, lässt dich Freudenlieder singen und was du singst, erklingt zu Meinem Lobpreis und Gewinst im Unermesslichen, dem Ich begeistert innewohne. So sei es und soll es für Unendlichkeiten bleiben.

7.20

Wer sonst als du muss seine eigne Sache regelrecht im Griff behalten, damit sie so floriert, wie du dir`s vorstellt, selbst, wenn die Aktien für einmal wieder in die Tiefe sausen.

Was im Griff behalten, kann auch heissen, einen Fachmann zuziehn, der es besser weiss als du und dem männiglich Vertrauen schenken kann, bis in die höchsten Sphären. Und dieser Bin gerade Ich, dem schon zum vornherein bekannt ist, wie die Lebensdinge sich verhalten werden und welcher Preis für was zu zahlen ist im prallgefüllten Krämerladen.

Willst du dich in Zukunft an Mich halten, so öffnet sich dir eine Welt von Wohlverstand, Entscheidungskraft und Wesensgüte, die dir fruchtbar wird allwie ein wohlgepflegter Garten. Du durchwandelst ihn in einer Stimmung von unendlicher Gelöstheit, Heiterkeit und Harmonie und weisst dich in ihm auf's fabelhafteste geborgen.

Von deinem Glück wird sich die Kunde überall verbreiten, wo du weiltest und dein Dich-Verstrahlen Hoffnung zeugte, auserlesenen Geschmack sowie den Wohllaut der Gerechtigkeit am Sein und Leben.

Warst du vordem kleinlich, sind dir nun Grosszügigkeit und liebenswerte Hilfsbereitschaft auf die blanke Stirn geschrieben. Du versiehst die Deinen mit Respekt vor dem lebendigen Leben und lässest sie genau den Willen tun, den Ich ihnen mitten auf den Weg gegeben.

Ich kanneliere ihres Daseins Wallfahrt auf das Ziel hin, auch das Überirdische und Numinose bestens zu begreifen, weil es Ordnung schafft in den Verirrungen der Zeit und Bildung in den Häuptern, welche sonst so viel Verblendung in sich tragen.

Meine Weisheit klagt nie an, sie verbessert jede Situation, indem sie Einsicht sät und sichtbar milde sich verhält im Seinsverfahren.

Mir gebührt die Ehre alleweil, wenn du geehrt wirst, ob den von Mir bewirkten Siegestaten. Das ist sehr plausibel und soll von dir beachtet und befolgt, hervorgehoben und entwickelt werden.

Selbst wenn dein Gebein im Grabloch ruht, bleibt dein geliebtes Seelensein mit Mir auf's treulichste verbunden und deiner Herzlichkeit Manier verströmt sich an die Welt der Lebenden, wie die der Abgeschiedenen in voller Rüstigkeit und seelenvoller Synergie.

7.21

In Meinem Dasein herrscht auf jede Weise eine schöne Harmonie, die gewinnt die Achtung der beteiligten Gemüter und versetzt sie in den Zustand überirdischen Behagens.

Spute dich, wenn du dasselbe willst erleben und achte auf die feinen Winke, die der wohlerwogenen Ergänzung dienen.

Mir ist es absolut daran gelegen, dass du in die Reihen derer eintrittst, die von Meinem Weltenwissen was gekostet haben. Das befreit dich von den Ängsten um dein täglich Brot und lässt dich fröhlich und gelassen deinem Tagewerk obliegen.

Klagelieder sind Mir nicht mehr zu Gehör gekommen in den Regionen, wo sich Mein Wort und Wille durchgesetzt und in den Seelen eingemittet haben. Nun kann Ich Mich darauf verlassen, dass die Evolution darin den Punkt erreicht hat, wo das Götterherrliche und Hocherhabne dominieren.

Meldepflicht besteht hier keine mehr. Jeder pflegt sein Keimgut so gewissenhaft und seiner würdig zu entfalten, dass kein Fauxpas mehr geschieht und alle Wesen davon profitieren mögen.

Du stellst dich dort an, wo die Besten aller Früchte hangen und ihr Odem sich als paradiesisch eingefärbter Hauch verbreitet in den Welten um dich her.

Deine Wohlfahrt existiert und kann bis in unendlich weite Weiten füglich und untrüglich abgesehen werden.

Dabei spiele Ich die Rolle des Vermittlers aller wonnevollen Gaben, die da *sind* und es in sich und ihrer Seinsgewissheit haben.

Von Mir als dem Inbegriff der Seinsvollendung und Erlauchtheit Kenntnis und herzinniges Relieve zu erlangen, begründet ein nie endendes Entzücken an des Seins holdseligem Erlaben.

Die Wiederkehr ist keine Frage mehr, wie die Gefälligkeit des seelenvollen Lebens im Allhier, und ihre Tugendstärke reicht vom Einen zu dem Anderen hinüber, die da *sind* und das Gelöbnis ihrer Seinswahrhaftigkeit und Redlichkeit gehörig weitertragen.

Was stimmig ist und Stimmung weitherum verbreitet, ist von Mir ein Zeichen wahrer Huld, Geduld und Schuldigkeit der Schöpfung gegenüber, die verhält und Daseinsliebe in die Mitte stellt der freudevollen Generationen.

Luce eterna ist des Wortes Wirklichkeit, die über allem seine fabelhaft gewordnen Kreise zieht. Fassungslosigkeit des Staunens über das elysische Gesumse gibt dem All-Tag sein holdseliges Gepräge.

Du hast in Fülle das gewonnen, was dir gerade noch gefehlt hat für den letzten Schliff in deinem Liebesleben, wie für die Seinsbegeisterung als ultimat verwirklichtes und nie versiegendes, glückseligmachendes und lichtgewaltiges Idol.

7.22

Was Ich dir zugute halte, kannst du nie genug zu schätzen wissen, denn es fördert dich auf eine Art und Weise, die von niemand anderem erreicht und überboten werden kann.

Meine Willfahrt ist wie eine Lustpartie ins Blaue, wenn du sie so akzeptieren kannst, wie sie eben ist und wie sie oft von dir nur schwer verstanden werden kann.

Ständig Bin Ich dabei zu erläutern, was Ich meine und zu präzisieren, wie die Fahrt verlaufen soll von Meinen Hügeln in die Dellen, wie durch die Verwerfungen, die durch Naturgewalt und Widerborstigkeit entstehn.

Nun sollst du dich zusammenraffen, um das von dir Geforderte in allen Ehren und Beschleunigungen zu bestehn, die dabei unweigerlich in markige Erscheinung treten.

Wie könnt es anders sein, als dass dein Angebot von Zeit zu Zeit und unterdessen immer mehr dem Meinen gleichen soll in der Substanz sowie im fürstlichem Gehabe, das du aus dem innersten Bezirke offenbarst.

Vieles drängt dich, anders zu verfahren, als es in dir will und überirdisches in Bausch und Bogen zu verdammen, wenn es dir nicht in den Kram passt, wie die ganze Krämerei in deinem Selbstbehagen.

Das wird von Mir in keinem Falle akzeptiert und zeitigt eine Rüge, die aus Selbstvorwürfen und entsprechenden Behinderungen und Verwünschungen besteht.

Meine Grüsse sind noch wie unendlich weit entfernt von deinem lauschenden Gehör. Das ändert sich im Mass, in dem du kundig wirst und mundig von dem, was Ich in deinen innersten Verhältnissen und Seinsstrukturen vorgesehen habe.

Da gilt es für dich, es konstant zu suchen und schlussendlich zu entdecken in der ausgesprochnen Heldentat. Du gewinnst, was beinah schon verloren schien und veränderst so dein Schicksal zum Beständigen und Guten in des Weltseins sinnendem Konglomerat.

In Mir besteht ein Bild von dir, das wirklich wird im Schoss und Stoss von liebevollen Händen, wie von dem, was Götterdiener frohgemut, einsichtig und gewandt in die weitoffne Weltenschale legen.

Ludwig Weibel, geboren 1933
Lebt in CH-9200 Gossau/St.Gallen
Homepage: www.das-sein.ch
E-Mail: ludwig.weibel@hispeed.ch